INK

經商社匯 3

阿達新聞檔案之

調查局探案

范立達 著

阿達新聞檔案

目次

調查局探案

【自序】

痕跡

很久以前，有一則相機軟片的電視廣告，大意是說：「你用什麼寫日記？」廣告裡說，有人用筆寫日記、有人用相機寫日記、有人用歲月寫日記……。我，用什麼寫日記呢？幹了十幾年的記者之後，我終於明瞭，我用新聞寫日記。

常聽人說：「幹一行，怨一行。」何其幸運，當了十幾年的記者，我卻從來沒有後悔踏進這個行業。生命中每一天，對我而言，都是新的一天。因爲，我知道，沒有任何兩天的報紙內容，會一模一樣；同樣的，我的生命，也天天不同。

小學三年級開始，在家父的引領之下，逐漸喜歡上歷史。當我看完《史記》的列傳之後，更對司馬遷筆下那些活靈活現的歷史人物傾心不已。從事新聞工作之後，心中有時竊喜，我，雖然不能成爲古代的史官，注記著歷朝歷代的興亡，但，我可以逐日記下我所見所聞的一景一物，讓更多不能親身參與的人，透過我的報導，與新聞事件中的人與物，更加貼近。

今天的新聞，明日的歷史。我是以此自勉的。

可是，當時間的縱深拉長，我再一回頭，卻發現，再轟動一時的新聞事件，當雲淡風輕之後，非但沒有成爲歷史，反而隱沒在荒煙蔓草間，從此無人聞問。那一疊疊發黃的報紙，也只能靜靜的躺在圖書館的倉庫裡，等待著有心人檢索、查閱。歷史洪流的沖積下，能留下的記憶，終究少之又少。

但，不應該是這樣的。今天的新聞，怎麼會變成明日的垃圾？

所以，總該有個人起個頭，爲這些或許不能列入史實的事件，留下更完整的紀錄吧？

如果說，記者每天所寫的新聞，就像是司馬光的《資治通鑑》，只能以零碎的「編年體」方式呈現；或許，也該有人想辦法，學學柏楊的功夫，整理一套《通鑑記事本末》，讓一則新聞事件的來龍去脈，完整的呈現在讀者眼前。

以前，很少人這麼做過；以後，不知道有沒有人會做。但我知道，我可以試試看。

從九十一年底，我開始嘗試。原本，以爲這項工作最多維持個半年、一年，我大概就會油盡燈枯、彈盡援絕而不得不停止。沒想到，可以整理的材料很多，「阿達新聞檔案」就這麼一則一則的推出。

這些檔案，都是我親身採訪過的新聞故事。部分內容曾經見於報端，在事件發生的那個年代，相信也是讀者耳熟能詳的故事；但更多的內容，卻是從不曾披露過的內幕。現在，我把它們報導出來，也算是對於這些新聞事件，作一個完整的交代。

檔案中的每一則故事，都是眞實發生過的。它不是小說，但有時，它的情節卻比小說更曲折。

人生，果然如戲。往事，果然如煙。

人生到處知何似
恰似飛鴻踏雪泥
泥上偶然留指爪
鴻飛那復計東西

——蘇軾

走過，必留下痕跡。如果我的記者生涯能夠留下些許痕跡，那就是這些檔案了。

阿達新聞檔案之

紅十字會檔案

台灣有很多公益團體，論名氣，證嚴法師一手創辦的慈濟，應該排行第一；但若論起歷史，最悠久的，就非紅十字會莫屬了。

在國人心中，一提到紅十字會，大家可能就會想到戰爭電影中，那個專門負責搶救傷兵的醫療組織。

在一面白底、紅十字的旗幟下，一群勇敢的戰地醫療人員們，冒著槍林彈雨的危險，出生入死把血肉模糊的傷患扛上擔架，後送到野戰醫院急救。人間的大愛精神，在此表露無遺。

可是，如果不說，你大概不會知道，我國的紅十字會，是唯一經過立法院立法設立的民間組織。你大概也不會知道，以前，中華民國紅十字會的總會長，都是由總統兼任。你更不會知道，以前，我們購買紅十字會郵票的款項，以及民間人士慷慨解囊捐助紅十字會的經費，竟然有絕大部分被會裡的幹部挪用、中飽私囊。

這項弊端是不是已經徹底杜絕了？我不知道。我知道的是，從我發現那些內情之後，我就對公益團體的「公益」兩字，抱著很深的質疑，我甚至不再捐款給這些團體。

有人問我爲什麼這麼偏激？我的回答是：「如果，你捐了一百塊錢，但其中有九十元被經手的中間人暗槓，眞正拿去作爲救災之用的，只有十塊錢。你，還捐不捐？」是的，我寧願把這些捐款親自送到有需要的人手上，也不願經過層層轉交、層層剝削之後，肥了不該肥的人。

先談談我國紅十字會的歷史吧。紅十字會是一個國際性的人道組織，起源於一八五九年歐洲的蘇法利諾戰爭，當時的一位瑞士銀行家亨利·杜南，在看過戰爭的殘酷之後，發起成立了一個民間中立的救援組織，以便在戰事發生時及時救助傷患，這就是紅十字會的最早起源。我國紅十字會成立於一九〇四年，也就是民國前八年，當時稱作「萬國紅十字會上海支會」，成立的目的是爲了協助救護日俄戰爭時在東北戰場受害的傷患。

民國三年，政府公布「中國紅十字條例」，作爲中華民國紅十字會的組織依據。大陸淪陷後，紅十字會曾一度宣告結束，到了三十九年才在台灣復會。民國四十三年，政府依照「國際紅十字公約」，擬定「中華民國紅十字會法」，並於同年十月五日經立法院通過頒行。這項法律一直延用至今，只有在民國八十九年時曾經作過微幅修正，但修正的內容也只不過是把舊法中的「官署」改成「機關」，其餘內容都維持最初原貌不變。

早期，紅十字會的工作著重在衛生宣導及教育方面，例如設置診療所、辦理巡迴衛生工作隊、防痨、助產服務、建立血庫及設置救濟院、育幼院等。

七〇年代以後，兩岸關係逐漸開放，紅十字會也擔負起協助兩岸民間交流的角色，辦理各項尋人、通信、探親、見證遣返以及賑災等服務工作。後來，海基會成立，相關業務也陸續移交出去。如今，紅十字會的任務，除了國內外災害救助之外，大多僅著重在辦理各項急救訓練、水上安全訓練、居家照護訓練及幫助智障者的專案等方面。

按照中華民國紅十字會法的規定，它的組織結構分成三層。最上的一層爲「總會」，設於中央政府所在地；中間一層爲「分會」，設於省和直轄市；最基層爲「支會」，設於各縣市。至於直轄市底下的支會，則設於區公所內。

紅十字會的資產由何而來呢？根據紅十字會法規定，它的財產來源有以下幾種：一、基金。二、政府補助。三、會費。四、遺贈。五、捐募。六、事業收入。七、動產及不動產。八、孳息收入。而且，它還享有免稅的優惠。

故事，要從民國八十年年初的一通神祕電話說起。

我記得很清楚，那天中午，我剛剛趕完了稿子，正在喘息時，腰間的B. B. call突然響了。我撥了報館的電話，問值班的同事，「誰找我呀？」

報館給了我一個陌生的電話號碼，要我撥過去問問看。我照著做。電話那頭，傳來一個低沉的男聲。

「請問，是范先生嗎？」

「我是！」我很開朗的問，「請問你是哪裡？」

那人卻不理會我，他逕自說下去：「范先生，我常常看你的報導，我覺得你是一位非常有正義感的記者。我手邊有一些很重要的新聞內幕資料，或許你會有興趣。」

我一聽，好奇心馬上就來了。我連忙說：「我有興趣。可是，我怎麼跟你碰面呢？」

他壓低聲音說：「你知道台北市政府吧？下午三點鐘，請你到面向市政府右手邊的某某商店門口，我會在那邊跟你見面。」

說完，他掛上了電話。

我滿頭霧水，但仍準時趕到了台北市政府。

民國八十年時，台北市政府並不在信義計畫區裡，它還位於長安西路上。那地方離我跑新聞的台北地方法院不遠，所以，我很快就趕到了。

抵達約定的地點後，我左顧右盼，沒看到半個人。心裡正在懷疑時，突然，對街有個男人橫跨馬路，朝我走過來。

他神色有些緊張的問我：「你是范先生嗎？」

我點點頭。

他又說：「能不能麻煩你把服務證借我看一下？」

我猜，他是想確認我的身分。

雖然，我覺得他這種要求有點怪，但爲了取得信任，我還是很配合的掏出了證件。

他看了服務證上的相片兩眼，再抬頭凝視我一下，知道我不是冒牌貨之後，就把夾在左腋下的一包用牛皮紙袋封好的文件遞到我手上。

他拋下一句話：「范先生，你先看看。如果有任何問題，你再和我聯絡。」語畢，他馬上轉身離去。

我正想問他，以後，我們要怎麼聯絡時，他已經攔下一輛計程車，飛快的駛離了現場。

回到家裡，我把牛皮紙袋拆開，發現裡面有一大堆複印的文件，其中，有些文件上頭還蓋著「密」字。看得出來，這個神祕男子非常小心，他不想留下任何後遺症，所以，某些公文上，有些批示、蓋章的地方，他都先拿刀子割掉了。這樣，公文就算曝光，也不會知道是從哪個管道流出去的。

文件的第一頁，上面只寫著這麼短短的一行字——「中華民國紅十字會台北分會各區支會義賣弊端預防專報」。在這一份專報之後，附了好幾份紅十字會台北分會和各支會之間的往來公文，以及相關的帳冊影本資料。

我點起一根菸，一路看下去，愈看，我眼睛睜得愈大。

根據資料顯示，紅十字會台北市分會底下設有十六個支會。這十六個支會會長，都是由當時的台北市十六個區的區長擔任。紅十字會台北市分會的經費來源裡，每年由台北市政府社會局、衛生局補助三十二萬元，占總收入的二%，會員年繳會費三百五、六十萬元，占總收入的二十三%，其餘則是靠義賣及募款收入，每年約可進帳一千三、四百萬元，占總收入的七十四到七十七%。

義賣和募款的工作，並不是由台北市分會出面，而是發交給各支會負責。各支會的會長，也就是行政區的區長，再指示里幹事負責推動，到各機關、團體、學校義賣紀念郵票和徽章，並招收會員。

募集到的款項該如何分配和運用呢？按照台北市政府頒布的「台北市捐募運動管理辦法」第十一條規定，「捐款不得以任何方式支付經募人報酬，其必要支出之費用得依規定在捐款內核實開支。一、實募新台幣十五萬元以內者，最高以百分之三爲限。二、超過新台幣十五萬元者，其超過部分最高以百分之二爲限。」而募集到的款項，依同法第十六條規定，「應按照核准之捐款計畫使用，不得移作他用。」

可是，實際的情形是如此嗎？答案是：NO！

紅十字會台北市分會的內部規定是這樣子的：各支會所募集之款項解繳台北市分會五十％，其餘五十％留作各支會的經常費。

而各支會留用的這些經常費又是如何使用呢？他們從中提撥二十％作爲經募人員（也就是里幹事）的車馬費或獎金，其餘的三十％則以交際費、誤餐費、督導費、會務人員工作津貼等名義，用以支付區公所訂閱雜誌、贊助民眾服社、支付離職幹部紀念品，或作爲區長紅白帖賀禮、奠儀，或補助里長自強活動、補助員工休閒活動或整修區長辦公室、購買桌椅等等。

換句話說，各支會的經費就像是區長的小金庫，任其花用，每區會務主管人員都巧立名目，按月支領津貼，並利用各種名義消耗經費。實際用於醫療、急難救助者寥寥無幾，使得紅十字會成立的宗旨幾乎喪失殆盡。

統計資料顯示，紅十字會台北市分會十六個區支會，從七十四年到七十七年義賣總金額高達五千四百零八萬七千七百九十元，這些款項的半數上繳分會之後，還有兩千七百多萬元由各區支會自行運用。

他們是怎麼用的？台北市分會並不知情。

爲什麼？

我在資料中看到答案。

原來，台北市分會的主要經費來源都是靠各區的支會上繳，而支會的經費絕大多數又來自募款。負責募款的里幹事如果沒有車馬費、誤餐費等津貼，他們怎麼會願意頂著艷陽天拋頭露面去募款？如果他們不肯募款，勢必會嚴重影響經費收入，因此，分會、支會只好睜一眼、閉一眼，任憑里幹事請領津貼。

里幹事既然能夠從中分到油水，其他人自然也想分一杯羹。於是，從區長開始，各相關人員大家都共蒙其利，上下其手，其樂融融。台北市分會不可能不知道實情，但既然無力阻止，乾脆也就裝傻，不去查帳。這樣的陋習就一直持續下來了。

舉幾個挪用經費的例子來說好了。

大安區公所：支付區長室及行政辦公房舍整修費，計十四萬餘元。補助里長自強活動及各種交際應酬餐費，計十三萬多元。

延平區公所：贊助國慶酒會，計九萬多元。

松山區公所：購置區公所辦公設備費用，計八十二萬多元。支付市府員工運動會，區所公員工啦啦隊服裝費六萬多元。獎勵立委選舉投開票所有功主任管理員獎金四萬多元。

北投區公所：贈送某醫院匾額，及支付區長紅白帖，共七萬多元。

建成區公所：經統計，每年義賣收入中，僅有二．六九%用於社會救助事項。

中山區公所：不當挪用經費高達三百一十八萬多元，其中，區長的座車在颱風來襲時泡水，修車補助費五萬元，竟然由紅十字會募捐款支付。區長參觀畫展，也由會費內挪出兩萬元買畫。

這樣的情形，只能用「駭人聽聞」這四個字來形容了。或許，有人會問，難道沒有監督的單位嗎?其實是有的，但監督單位之間互踢皮球的作風，更叫人不敢領教。

原來，依規定，紅十字會台北市分會的主管機關是市政府社會局，其中，主管勸募運動業務的，是第五科。可是，第五科人員認爲，他們只管理勸募活動，至於是否核准紅十字會勸募，以及勸募款項是否按照原計畫使用，並不是由他們管理，而是該由社會局負責社團業務的第一科審查。而第一科人員卻認爲，他們只負責審閱台北市分會理事會議紀錄及決議事項是否合乎法令規章，至於義賣活動則是屬於第五科的審查範圍。

好啦！這兩科既然互打太極拳，不就等於沒人管了嗎？紅十字會台北市分會歷年來均能夠違反規定濫用經費，無人糾正，這就是最大的原因。

在這一份「預防專報」最後一頁還寫著這樣的警告：「紅十字會台北市分會當初各支會結合里幹事來推行會務的作法立意甚佳，奈何因執行不當及法令不周延，致使美意落空，甚且幾淪爲『愛心之詐術』。倘若認捐者知悉其善意竟流入經募人員之荷包，後果將不堪設想。在輿論報章尚未揭發前，紅十字總會台北市分會及主管官署實應作一徹底改善，以免造成不利之影響。」

在預防專報後面，我又看到一份由內政部發給台北市政風督導會報的公文。這份發文日期爲七十九年十一月十六日，字號爲台七九密水人二字第六六一六四號的公文上頭，蓋著「密」和「速件」兩枚印章，公文內容很短，是這樣說的：「檢送『中華民國紅十字會台北市分會各區支會義賣款弊端預防專報』乙件，內述紅十字會台北市各支會在政府監督輔導下，歷年來尙違反規定，浮濫使用經費，使紅十字會宗旨喪失殆盡，請參處惠復。」

顯然，內政部也覺得這種濫行挪用經費的情況非常嚴重，所以發函給台北市政風督導會報，要求處理。至於市政府這方有沒有處理，因爲我手邊並沒有看到市政府的回文，就不得而知了。

可是，這問題能夠私了嗎？

我的意思是，各區的區長、里幹事以及相關人員，如此膽大妄爲的挪用捐款人認捐的款項，這難道沒有違法嗎？難道不構成貪污或背信罪嗎？捐款給紅十字會的民眾，是爲了要讓這些會務人員有多餘的經費可以去包紅白帖，還是爲了救助貧困呢？這些公職人員強姦了捐款人的心意，不該受到法律上的懲罰嗎？

我懷著一大堆的問號入眠。

第二天中午，截稿後不久，我的B. B. call又響了。我撥了電話過去，是那名神祕男子。他又約我出來，我們在一家咖啡廳裡碰了面。

我趕到咖啡廳時，他已經到了。我看到他坐在咖啡廳最不起眼的角落裡，神色依然很緊張。

他不等我坐定，馬上就低聲的問我：「范先生，資料看過了嗎？」

我點點頭。

他又問：「有沒有報導的價值？」

我還是點點頭。

他繼續說：「你有什麼不懂的地方，你現在可以問我。」

其實，我第一個想問的問題，就是「你是誰？」，第二個問題是，「你從哪裡弄到這些資料的？」

但我不會眞的笨到去問這些問題。

我很快的切入重點：「這麼嚴重的事，調查局怎麼沒去辦？」

這問題一定問得很好。因爲，我看到他一聽到我這麼說，臉上馬上出現憤怒的表情。

他咬著牙說：「誰說調查局不辦的？」

他從口袋裡掏出一張影印的公文。那是一份列爲密級、重要、速件的函文，發文日期是七十九年二月十二日，公文字號是北肅調字第〇一四號，發文單位爲法務部調查局台北市調查處，受文者是古亭區公所。公文主旨寫著：「本處因案情需要借調紅十字分會有關募款及帳冊等有關資料案卷，欲派員持函趨洽，請查照惠允。」

他怕我看不懂，還解釋說：「這是我們向古亭區公所調卷的公文。」

哈哈！他露了餡。他在無意之間說了「我們」。這下子，我知道了，原來，他是調查局的人。

他一脫口，馬上也知道自己失言，他眼神一閃，觀察我的反應。我相信，他也看出來我聽到這個破綻了，於是，他乾脆主動表白：「對！就像你想的，我是局裡的人。」

我馬上問：「你怎麼敢把這些資料給我？你不怕出事嗎？」

他很沉著的說：「我查過你的背景，我相信你不會出賣我。」

我沒接話。他繼續說：「這個案子，是我們局裡的一個小兄弟發掘出來的案子。一開始，他發現紅十字會的經費運用有問題，所以就寫了個簽呈要調查，局裡批准了，他開始調卷查，結果愈查愈大。最後發現，台北市十六個區都有問題。」

他把聲音壓得很低：「算一算，涉及這件案子的人，最少也有一百多人。如果這案子成案了，台北市十六個區的區長都要換人。」

我默然的聽著。

他說：「承辦人員原本以爲這件案子可以辦下去的，可是沒想到，當他寫了簽呈，表示要發動約談、搜索行動時，上頭卻壓下來，不讓他辦，還跟他說，這件事不涉及犯罪，要他寫個預防專報就可以結案了。」

他很氣憤的說：「構不構成犯罪，是上頭說了就算呀！處長、局長又不是法官，可以由他們說是什麼就是什麼嗎？」

我問：「後來呢？」

「這案子辦了一年，但是局裡就是不准他去約談人，他寫了好幾次簽呈都被打回來，最後，他氣不過，就辭職了！」

我嚇了一跳，說：「是嗎？有這麼嚴重嗎？」

他湊近我耳邊說：「你不知道紅十字會的來頭很大喔？我告訴你，中華民國紅十字會總會長是當今總統李登輝先生，祕書長是陳長文先生。局裡惹不起，這案子就只能擱著了。」

「既然惹不起，那麼，你把資料拿給我，是什麼意思？」我反問他。

他咬牙切齒的說：「在局裡工作的人，不是每個人都是貪生怕死，只想升官發財之輩。那些長官不敢辦，但可沒辦法讓我不說。」

他凝視著我：「范先生，我把希望放在你身上。我希望你能好好運用這些資料，如果能夠透過輿論造成壓力，或許，這事還有轉機。我不知道這件案子在媒體報導之後，會不會死而復生，讓我們有重新偵辦的機會。就算不行，至少，把這件事公布給社會大眾知道，那些貪官或許會收斂一點。」

我還沒有同意。我不能只聽他一面之詞就作報導。如果他拿假資料騙我，我豈不慘了。

我提出要求：「你說，這件案子的承辦人已經辭職了，那麼，我要見他，我要親口聽他說。他說了，我才信，我才會報導這件事。」

他猶豫了一會兒，最後還是跟我說了一個電話號碼、一個地址，還有一個名字。

於是，我匆匆趕到民生東路的勞委會勞資關係處，我告訴門口的警衛，我要找一個叫做「李文良」的科員。

我們見了面，我也把來意表明的很清楚。看得出來，他嚇了一跳，他沒想到這件事會讓記者知道。他想了一會兒，終於同意接受採訪。

我先問他，什麼時候進調查局的？什麼時候辭職的？爲什麼原因辭職？和這件案子有沒有關係？

他回答的很保守。

他說：「我是調查局查核班第三十期結業，七十八年九月一日被派到台北市政府人二處第六科服務，業務是政風調查，七十九年三月十七日辭職。我是台大法律系畢業的，法律人堅持崇法，依法辦案的精神。但是，調查局在某些時候，會顯得模糊，和我的個性不合。我辭職前，的確參與偵辦紅十字會的案子，但我的去職是否直接因爲此案，我不方便說，但多少有關吧！和上級長官意見常不相同，是我求去的主因。」

我問他：「紅十字會的案子辦不下去，原因是什麼？」

他說：「原因當然很多。我們辦肅貪案件，對象都是公務員，而公務員的身分又是要歷盡辛苦才能取得，所以，偵辦時自然要特別慎重，以免毀人名節；另外，上級長官也有他們的考量。辦或不辦，是上層的決策。」

我追問：「上級長官是誰？你有受到壓力嗎？」

他說：「在我之上還有專員、科長，最高到肅貪處的處長程泉先生。如果有壓力，也不會直接壓到我這一級。至於誰是決策的上級長官，很抱歉，我不方便說。」

「案子不能辦，你沒有表示抗議嗎？」我再問他。

「依照公務員服務法，我們對長官的命令有服從的義務，如果有意見，也只能陳述，不能抗命。不過，在不能憑藉法律作正義公平的判斷時，辭職，也許不失爲一個好的方向。」他說完之後，隨即表示還有公務要忙，就很客氣的把我送到電梯口，目送我離去。

這是我和李文良唯一一次見面的情形，不過，這次短暫的交談，卻讓我對他留下了很深的印象。十幾年後的他，已經貴爲高雄市政府建設局局長了。日前，我特別到高雄市政府的網站去看看他的資料，我發現，他在「國家考試」這一欄裡，塡的是「七十七年法務乙等特考及格」，當然，不知情的人，是看不出來所謂的「法務乙等特考」指的就是「調查局查核班特考」；而他的經歷欄上，也只寫著他曾經擔任過台北縣勞工局主任、課長、宜蘭縣建設局長和高雄市建設局長等，調查局那半年的公職生涯，不知是不是被他刻意給隱匿了。或許，那是他人生裡不堪回首的一段記憶吧，所以也不願再提及。

相關的資料查證完畢之後，我再打了電話給調查局，查證他們是不是眞的在壓力之下而停止偵辦紅十字會的案子。

在我連番追問下，他們承認，手上的確有這件案子，但他們不承認案子已經歸檔了。他們說，還在查！還在查！可是，對於一件資料已經蒐集的如此完備的案子，爲什麼拖了半年，還不行動？調查局沒有人可以給我一個答案。

八十年三月三日，我在報紙上披露了這件事。

當天，紅十字總會祕書長陳長文就作了回應。他說，他不了解這件事，但他認爲一切都該依法處理。他也解釋，紅十字總會只管「政策」，而各分會所勸募的款項如何運用及執行，是由分會自行處理，總會並不介入。

對於這樣的答案，我當然不滿意。

於是，我連續作了五天的報導，到後來，我把李文良辭職的事件也揭露出來，同時更點出，連學校裡義賣的紅十字會郵票所得，也被瓜分。

一波一波的報導，我深信，一定對紅十字會造成了某種程度的壓力。而且，幾天之後，其他的媒體也都紛紛跟進追蹤報導，紅十字會的壓力更大了。

最後，陳長文終於再度出面，這回，他作了很清楚而明白的宣示。他承認，紅十字會各分會、支會的經費運用情形，可能確有不當之處。他也保證，在這些弊端沒有能夠有效的防堵之前，紅十字會決定無限期的停止義賣，連以前每一年都會委託學校教師代售的紀念郵票，也停止推出。

有了這樣的保證，我知道，我所想要的目的達成了。我把所有的資料小心的藏放好，讓該過去的一切都過去吧！

阿達新聞檔案

之

十八標檔案

在我十七歲，高二升高三那年，老爸有一次叫住我，問我大學想念哪一個科系？我忘了是怎麼回答的，但我永遠記得，他當時告訴我的那段話。

他說：「讀商科好。讀商科，等於有個一技之長，養家活口沒問題。如果讀文科，除了當老師，大概沒什麼出路；如果當作家，很容易餓死。至於法律和政治，這兩門，你千萬別碰！」

我問他為什麼？他很嚴肅的告訴我：「因為，法律和政治，這兩個東西，一個黑、一個髒！能不碰，最好就別碰！」

十七歲的我還小，很不懂事，根本搞不清楚，他說的這些話，實際的意涵是什麼。後來，我還是讓他失望了。社會組的文、法、政、商四門，我沒選他要我讀的商，我去唸了文科的新聞。出了社會之後，跑了十二年的司法新聞，又跟法律脫離不了關係。而在跑新聞的這段期間，我更看到了一件又一件的政商掛鉤醜聞，勉強來說，和政治也多少沾上點邊。至於現下，我偶爾在一些媒體裡評論時事，談的大多也是政治事件。換句話說，他不想我碰的，我全碰上了。

可是，「法律和政治，一個黑、一個髒」，這話，我一直搞不明白。直到父親跟我說那段話十年後，也就是民國八十一年，當我跑到了「十八標」這則新聞之後，我才逐漸體悟到他話中的含意。再過了十年，如今的我，回頭去看看當年主跑的這則新聞，我才更深刻的體會到，在這件曾經轟動全國的重大新聞中，幕後及檯面下的暗潮，是多麼的洶湧，法律與政治的髒和黑，全然超出我的想像……。

事件的發生，要從八十一年七月五日，中央通訊社發出的一則電訊稿說起。

這一天，民進黨籍立法委員葉菊蘭發了一篇書面質詢稿。大意是說，她有「行政院公共工程督導單位極機密內部消息」，指稱新國民黨連線的立委中，有四男一女共五人，要求高速公路汐止至東湖段拓寬工程第十八標由榮工處以超出底價六億元議價承包，再由榮工處將六億元分給這五位立委。但因爲施工單位拒絕，五位立委就攻擊榮工處的上級單位交通部。

質詢稿還說，行政院長郝柏村爲新連線護航，以換取支持。行政院應該立即撤換退輔會主委許歷農、榮工處長曾元一，並專案呈請總統府成立調查委員會，查明兩年來民代承包六年國建的重大弊端。

中央社的記者照著這篇質詢稿發了一則新聞。沒想到，就因爲這則新聞，而惹出了軒然大波。

民國八十一年的政治時空，和現今有很大的不同。在談十八標的故事，以及探討「爲什麼中央社發出葉菊蘭的質詢稿會惹出大麻煩」之前，我們最好先回顧那段歷史。

先說葉菊蘭。她原本只是一位單純的女性上班族，在廣告公司中工作多年，掙到了一個人人稱羨的職位。我想，她以前應該沒有從政的打算的。要不是她的丈夫鄭南榕自焚而死，或許，她可能就這麼平平靜靜的過一輩子。可是，在七十八年四月七日那天，鄭南榕爲了堅持維護百分之百的言論自由，因爲抗議高檢署的強制拘提，在雜誌社裡點燃一桶汽油殞命之後，葉菊蘭的一切都改觀了。

七十八年年底，立法委員選舉，葉菊蘭決心繼承丈夫的遺志。她抱著女兒鄭竹梅參選，競選海報上大大的一句：「孩子，陪我打一場母親的聖戰！」這句簡簡單單的口號，讓她以高票當選了立委。

除了葉菊蘭，國民黨內的中生代，也有不少人選上立委。但這群中生代進入立法院之後，彼此間卻因爲政治理念不同，逐漸分裂成爲兩大集團。七十九年五月一日，以趙少康、郁慕明、李勝峰等人爲主的立委們，宣布成立「新國民黨連線」次團。而以黃主文、吳梓爲首的這批立委，則成立「集思會」與之抗衡。

新國民黨連線成立之後一個月，也就是民國七十九年六月，李登輝總統發布命令，由原國防部長郝柏村接替李煥，續任行政院長。再三個月後，郝柏村停掉已經在李煥手上執行一年半的「第十期經建計畫」，改而推出「國家建設六年計畫」，這也就是後來經常被大家掛在口邊的「六年國建」計畫。

六年國建的案子非常大，國內許多重大的公共工程幾乎都在同一時間內發包、施工。這段期間，自然是營建業者最美麗的春天，生意多到接不完，但也因爲如此，有些廠商就會搞出些借牌圍標、勾串綁標、低價搶標或是轉包圖利等等不法情事。葉菊蘭質詢稿中提到的十八標案，就是其中的一個案子。

李登輝提名郝柏村擔任行政院長，在當時的確引發社會強大的爭議。部分屬於自由派的媒體就直指，曾經幹過八年參謀總長的郝柏村，如今竟然接掌行政院，這分明是「軍人干政」。不過，對於外界的質疑，李登輝似乎並沒有放在心上，他還公開對外聲稱，他和郝柏村是「肝膽相照」。

「肝膽相照」這話，如今看來自然十分可笑。幾年之後，當李登輝與郝柏村交惡時，郝柏村還譏諷的說：「我的肝不好，膽也嚇破了。」

可是，一般人可能不明白，爲什麼原本的「肝膽相照」，最後會變成「肝膽俱裂」呢？其中的緣由何在？

這裡頭，葉菊蘭事實上扮演了一個重要的角色。

就在李、郝之間的蜜月期快結束時，民國八十年間，葉菊蘭在立法院裡提出緊急質詢。她說，她有情報顯示，郝柏村背著李登輝，在總統府裡面召開「軍事會談」。

葉菊蘭提出的質詢，顯然相當犀利。因爲，如果曾經長年持掌兵權的高階將領，在卸下戎裝之後，又背著元首在總統府裡召開軍事會談，那當然很容易給外界一種「密謀叛變」的聯想。

對於這樣的指控，郝柏村一開始是完全否認，並質疑葉菊蘭是從哪個小道得到這樣的消息。葉菊蘭沒想到會被反問到消息來源，她或許是情急，竟然脫口說，她的消息，是她老公鄭南榕半夜託夢給她的。

葉菊蘭的「託夢說」當然不足取，誰都知道她是信口胡謅的。可是，隨著時光一天天的流逝，事實的眞相也漸漸浮現。原來，郝柏村眞的曾經召開過好幾次的軍事會談。

當這些事實被媒體逐一挖出時，郝柏村只好很無力的回答說，他是行政院長，他當然有資格召開軍事會談。至於軍事會談的地點，並不是在總統府，而是在總統府後頭的國防部裡。

不管郝柏村的說法有沒有道理，總之，當軍事會談的消息被證實之後，李登輝和郝柏村之間的關係就變得愈來愈緊張。

事實上，這時期的國民黨，已經存在著很嚴重的路線之爭。以郝柏村爲首的這一派，主張的是大中國主義；而以李登輝爲首的這一派，卻被貼上了傾向台獨的標籤。國民黨在立法院裡的兩大陣營中，新國民黨連線很明顯的和郝柏村站在一起，而集思會則成爲捍衛李登輝意志的戰將。

八十一年底剛好又到了立法委員改選的時刻，按照時程，國民黨在八、九月就要準備提名角逐下一屆立委的人選。集思會和新連線的成員都在盤算，要如何爭取黨內提名。在這麼敏感的時刻裡，任何風吹草動，都很可能爲這些立委的政治前途蒙上陰影，更何況是弊案。

回顧了這段時空背景之後，或許就不難理解，爲什麼葉菊蘭在八十一年七月五日發出的書面質詢稿，會引發那麼大的風波了吧！

因爲，仔細分析葉菊蘭那篇質詢稿，很明顯的可以看出，這篇稿子的內容，從頭到尾就鎖定了新國民黨連線猛打，而且還不諱言的明指，行政院長郝柏村不但知情，甚且還爲新連線護航，以換取他們在立法院的支持。這等於把國民黨內部的矛盾給點破了。

對新連線的立委們來說，被葉菊蘭狠咬一口，當然很痛，更痛的是，這篇質詢稿原本不會有那麼大的政治效應，是因爲中央通訊社把它發成新聞，傳到每一家媒體去，這才讓葉菊蘭的質詢內容廣爲周知。

當年，中央通訊社仍是國民黨營的新聞媒體。黨營媒體發出一則不利於從政黨員的新聞，這是非常罕見的事。也因此，當消息一曝光之後，新連線立委之一的郁慕明就很憤怒的提出要求，他要中央社站出來說清楚，是總統府、中央黨部，還是行政院授意中央社發這則稿子的？目的是不是政治鬥爭？

郁慕明的質疑並不是沒有道理的。在此之前，葉菊蘭多次對行政院質詢，大多在揭發國民黨內「主流」和「非主流」之間的鬥爭。而在「十八標」質詢稿問世之前不久，新連線的立委才在立法院裡質詢交通部長簡又新疑似涉及行動電話交換機採購案。甚至，連簡又新在環保署長任內的中壢購地案，也被新連線立委挖出來，質疑其中有弊端。

簡又新向來被稱爲國王的人馬，與「主流派」關係交好，他被「非主流」的新連線打得滿頭包時，黨營媒體中央社卻發了一則新聞重傷新連線，這其中，難道眞的只是巧合？而不是有心人刻意運作的結果？這難道和年底的立委選舉沒有關聯？

不管怎麼說，這則質詢稿既然被中央社當成通稿，發給全國各媒體之後，大家自然就開始追這新聞的後續發展。

跑交通部的記者們連續好幾天堵在部長室門口，看到簡又新就問：「十八標的案子裡，是不是有立委介入？」但每一次，簡又新都只是笑而不答。被逼急了，他最多只說四個字：「不予置評！」

但簡又新不說，就更啓人疑竇，看起來就好像眞有立委介入一樣。

記者問不出來，立委乾脆就自己來。

七月七日，新國民黨連線立委在立法院提案自清，促請交通部公布立委關說名單，簡又新沒有理會。

七月九日，新連線的立委再繼續出手，砲轟簡又新在環保署長任內涉及購地弊案，立委們還到調查局，要求檢調單位介入調查。但簡又新仍不吭氣。

七月十三日，立法院內政、交通、司法委員會聯席會邀請簡又新上台，針對環保署中壢購地案作專案報告。

這一天，新國民黨連線的立委們起了一個大早，清晨四點五十分就去排隊登記質詢，果然排到了一到七號。不過，對於立委們的質詢，簡又新卻是一問三不知。他甚至還說：「立法院爲什麼找我來報告環保署中壢購地案，我很意外。」他說，有任何問題，應該去找監察院、調查局，他已經不是環保署長了。

新連線的立委王滔夫問了半天，都問不出個所以然來。後來，他乾脆改變方向，直接追問十八標的案子。

王滔夫問簡又新，十八標事件爆發以後，簡又新面對記者詢問有沒有立委介入，都只是笑而不答，這會讓人覺得他在暗示眞的有立委介入。於是，王滔夫逐一唱名，他問，新連線的立委郁慕明、李勝峰、葛雨琴以及他本人，到底有沒有介入十八標的案子？可是，簡又新卻是一次又一次的重複說：「交通部所有工程一向公正、公平、公開，依法辦理。」

簡又新不肯幫新國民黨連線的立委們澄清，這讓立委們更加不滿。郁慕明、李勝峰到後來還怒到拍桌大罵簡又新囂張，藐視民意。可是，簡又新只是很強硬的回了一句：「我十八標省了一百二十六億元，這就是民意！」

簡又新爲什麼始終閉口不言？這一點，在當時引發了很多議論。交通部的幕僚人員私底下向記者們透露，簡又新其實並不是對新國民黨連線的立委有成見，也不是故意要陷害他們，或是製造出讓外界以爲他們曾經介入十八標工程的印象。幕僚說，簡又新擔心的是，立法委員在立法院裡享有言論免責權，可以胡亂開炮，但是官員可沒有這種特權。如果簡又新在立院答詢時，明白表示的確有某些立委介入十八標工程，那麼，除非他能夠提得出具體證據，否則很可能會被立委們控告誹謗。簡又新其實是爲了自保，才閉口不談的。

可是，交通部幕僚們的這種說法根本站不住腳。因爲，根據刑法第三一一條第一項第二款規定，「公務員因職務而報告者，以善意發表言論，不罰。」所以，簡又新如果是在答詢時說出有哪些立委涉入十八標案，他也不會構成誹謗罪。

而且，依照憲法第五十七條規定，立法委員在開會時，有向行政院長及行政院各部會首長質詢之權。而依據立法院的議事規則，政府首長應對委員質詢即時答覆，除了因爲保守國防、外交祕密者之外，不得拒絕答覆。因此，簡又新在立法院裡拒答的作法，講得嚴重一點，那已經是藐視國會的行爲了。

我相信，簡又新一定曾私下請教過他的律師，他不可能不知道，就算他在立法院裡大膽的說出有哪些立委涉入，他也不會有事。他也一定知道，如果拒絕答覆立委的質詢，那可能會構成違憲行爲。那麼，爲什麼他還是不肯說？我想來想去，沒別的理由，他就是有恃無恐。因爲，他知道，就算他拒答，立委又能奈他何？就算立委把他移送到院會處理，又能如何？如果立委對他投下不信任票，那將會演變成對內閣的不信任案，行政院就面臨倒閣的危機。但，可能發生這樣的事嗎？先不說行政院長郝柏村和新國民黨連線的立委們關係甚深，光看國民黨中央，就不可能容許這樣的情況出現。

既然立法院不可能倒閣，自然也就不可能對簡又新的拒答行爲做成任何處理。那麼，簡又新又何必配合立委們演出呢？再說，簡又新之前吃盡了這些新國民黨連線立委的苦頭，趁此機會，如果不好好折磨折磨那些新國民黨連線的立委，以報之前這些立委砲轟他涉入中壢購地案之仇，那豈不是太可惜了？再說，如果能夠因此而影響到這些立委在年底選舉前的黨內提名作業，那也是難得的好處。

這就是政治鬥爭呀！

七月十五日，行政院長郝柏村在行政院約見了簡又新。他很嚴肅的告訴簡又新，要實話實說。簡又新當場答應了。可是，當他回到交通部之後，他又恢復原來那張「笑而不答」的面容，不管誰問他，他什麼都不肯說。

簡又新不說，外界的疑慮更深。但簡又新不怕。因爲，七月十七日就是立法院這一次會期的最後一天。他大概以爲，只要他撐過了這一天，他就可以喘息三個月，等下一次會期開議後再說。而三個月後，政黨提名作業也該結束了，所有的恩恩怨怨到那時也都不重要了。

可是，簡又新的算盤大概打錯了。他沒有想到，立法院雖然休會了，但新連線的立委們還是有事沒事就發一篇書面質詢稿，繼續追打簡又新。而這些質詢稿，明爲質詢，實則爲爆料。新連線的立委們私下明察暗訪，自己追出了許多原本被暗藏在檯面下的十八標案的隱情，而且被點名、波及到的立委人數愈來愈多。這下子，如果再不進行損害控制，任憑事件愈演愈烈，最後受傷的，還不知道是哪一方。

或許，就在這樣的考量下，整件事有了重大的變化。

七月十五日，監察院派輪值委員張文獻著手調查十八標弊案，追查相關官員有沒有行政或政治責任。張文獻說，他會不定時約談一些官員，但詳情如何，他必須保密。

八月十二日。這天早上，我一早起床看報紙。《聯合報》一版頭條上的大標題震住了我。這標題寫的是「十八標五承辦人法辦／今約談更高層官員／調查局認為圖利榮工處和中華顧問工程司／賴景波等異口同聲表示是依長官指示行事」。

我愣在樓下大門口的信箱旁，久久不敢置信。沒想到，調查局眞的動手了。而且，竟然是在神不知、鬼不覺的情況下，悄悄的在前一天約談了五名承辦官員。看來，這案子已經正式進入了司法程序了。

看完報紙之後，我趕忙衝到台北地檢署，找到承辦本案的檢察官簡豐年。

簡豐年也剛到辦公室不久。看得出來，他臉上的表情跟我一樣驚訝。我驚訝的是，台北地檢署怎麼會突然開始指揮調查局辦起十八標的案子了，而且事前一點預兆都沒有。而簡豐年訝異的是，這麼機密的辦案行動，怎麼會讓《聯合報》知道，還搶到了這麼大條的獨家？

消息是怎麼外洩的？

看到簡豐年臉上的表情，我就知道，《聯合報》上所寫的內容應該相當正確。但是，爲了保險起見，我還是拿著報紙問他：「這新聞寫得對不對？」

簡豐年一臉神祕。他說，他一定要嚴守偵查不公開的規定，絕對不對本案發言。

其實，這和他的個性不合。

跑司法新聞這麼些年，我每天在台北地檢署鑽進鑽出，和檢察官們多少也建立起相當的交情。簡豐年個性很隨和，很好相處，對記者們也不錯。一般的案子，如果問他，他多少會說個一兩句。但這一次，他卻一反常態，閉口不談。我直覺反應，這裡面一定有問題。

我哀求他：「你多少就講一點嘛！要不然，我這稿子要怎麼發呢？」

他被我拗不過，只好透露，前一天，調查局的確送來五名官員，但他們都是交通部最基層的承辦人員。檢察官一共花了五個小時去偵訊這些被移送人，而且每一個人的筆錄都做了二十張以上。偵訊結束後，檢察官認爲並沒有收押的必要，所以下令讓他們交保。至於筆錄的內容、交保的理由，以及他們被調查局移送的罪嫌是什麼，簡豐年檢察官一律不說。

我繼續問他：「今天總還有些進度吧？今天調查局要約談哪些人？會不會移送到地檢署來？你案情不透露沒關係，程序上的事情，你多少講一點嘛！讓我回去好交差行不行？」

他勉爲其難的告訴我，今天要約談交通部路政司和高速公路局三名相關官員，而且，層級已經向上拉到科長級官員了。至於還會不會再向上發展，那要看案子辦得順不順利。

從簡豐年身上問不到什麼東西，我轉念一想，我還可以去問問調查局呀！調查局是承辦單位，一定知道得比檢察官更清楚。

不過，調查局向來就是一個很難跑的新聞單位，他們的辦公室根本不准記者進入，所以，要跑調查局的新聞，就只能用打電話的方式採訪。但調查局爲了防止辦案人員洩密，也把局裡的每一支電話都掛了監聽線，全程錄音。所以，即使打電話，也不見得問得到什麼東西。

早年，調查局更保守。我打電話到調查局打聽消息時，幾乎都吃閉門羹。其中，又以調查局北機組最誇張，曾有一次，我前前後後大概打了十多通電話過去問新聞，每一次都是不同的人接的電話，但接電話的人一聽到我是記者，而且是爲了問新聞才打電話過去的之後，接電話的每一個人都說：「對不起！我是工友！我什麼都不知道！」

後來，有一次我碰到調查局局長吳東明，我就很悻悻然的跟他說：「你們調查局的工友還眞不少嘛！我看，人數可能比調查員還多呢！」吳東明聽了只是哈哈大笑。

調查局既然這麼難跑，那麼，要用什麼方法才能跑出調查局的獨家消息呢？這就要靠平常的工夫了。

平常，我們這群司法記者經常在地檢署裡混來混去，有時，就會碰上調查局人員前來向檢察官聲請搜索票。利用這短短的幾十分鐘時間，我們必須湊上前去，遞名片給他們，和他們隨口亂聊。調查員通常不會給記者名片，大多數時候也不會理我們這些記者，但是碰久了，總是會碰熟。只要熟了，能聊的話就多了。這麼日積月累下來，如果能逐漸建立起一些私人交情，到了重要時刻，再把他們約出來，私下作些祕密採訪，那就能弄到很不錯的獨家消息。這種採訪的辛酸，一般人很難體會的。

前面說了，我既然決定要從調查局下手，自然要先弄清楚調查局裡的哪一個單位辦這件案子。從《聯合報》的新聞裡，我看不到線索，我只好硬著頭皮問檢察官。

簡豐年聽到我的問題後，給了我一個很詭異的笑臉。他說：「你想去問調查局呀？我保證你這次一定問不到！」

我問他爲什麼？

他慢吞吞的說：「這案子是由『調查局重大工程弊端查察小組』承辦的。你知道這個單位嗎？你問得到人嗎？」

「調查局重大工程弊端查察小組」？我的老天，這是一個什麼樣的單位呀？我怎麼從來也沒聽過？

對於一個聽都沒聽說過的單位，連地址、電話都不知道的單位，新聞要怎麼跑？我眞的不會。

我打電話到調查局局本部，但是沒有人願意告訴我。而且，當他們一聽到我提到這個單位名稱時，每個人的反應都是神神祕祕的。這是怎麼一回事？

可是，我知道，一定有突破點。如果《聯合報》能夠跑出一版頭條的獨家新聞，很顯然，他們一定有消息管道。這管道，不會是檢察官，那麼，自然就是調查局裡頭的人了。

我只能向報社求援。

於是，我再打了一通電話回報社，很坦白的告訴長官們，對於這則新聞，我無能爲力。因爲我根本查不到辦這個案子的單位在哪裡，我連該如何下手突破都不知道。

我跑新聞很少認輸，這一次，我想我必須認栽了。

報社的長官們聽到我的哀嘆之後，想了一會兒，告訴我：「不要緊張，我們幫你想想辦法。」

半個小時之後，我腰上的呼叫器響了。我回電話給報社，長官壓低聲音，給了我一組電話號碼，以及一個人的姓名。長官說，這人是key man，只要找到他就成了。可是，電話不能白天打，只能晚上撥。最後，長官還跟我說，弄到這個電話不容易，能不能順利搭上線，跑出新聞，就要看我自己的造化了。

說實話，當我抄下那組電話號碼時，心情眞是激動得想哭。我告訴我自己，既然有了這麼一個機會，我絕對不能糟蹋，我一定要把這則新聞跑出來。

這天晚上十一點多，我窩在家裡的書房，懷著忐忑不安的心情，撥了那組電話號碼。

接電話的是一個男人。我不敢先報自己的身分，怕打草驚蛇。我等他「喂！」了一聲之後，馬上就說：「請問某某某在不在？」

接電話這人也沒有過濾我的身分，他很直覺式的就大聲喊：「某某某，你的電話啦！」

等了一會兒，另一個人過來接電話了。我問明了他的身分無誤之後，這才報出自己的姓名，以及「聯合晚報記者」的職稱。

這人在電話那頭也愣了一下。他笑著說：「你不簡單，竟然查得到我們的電話。」

他願意說話，沒有當場掛掉電話，這就是好的開始。我馬上苦苦哀求。

我跟他說：「找這個電話很不容易。我自己沒這個本事，是報社的長官提供的消息。我沒有惡意，我只想了解十八標這件案子的進度到哪裡了。如果有哪些可以透露給我的消息，我希望你能夠高抬貴手，多多少少提點我一些。」

他想了一想，說：「我大概猜得到，你的長官是從哪裡弄到這支電話號碼的。算了，被你找到了，是你厲害。你要採訪我，我也可以跟你說一些。但是，你一定要答應我，不准洩露消息來源，否則，絕對沒有下一次了！」

我滿口答應。而他也真的開始娓娓道來。

我歪著頭，把電話夾在肩膀上，拿起紙筆記下他所說的重點。他很敢說，而且還說了很多。我一邊聽、一邊記，還不時發問。

我不知道他是不是覺得聊得很投機，反正，他愈說愈多，聊到後來，除了案情之外，許多珍貴的背景資料也被我一一問出來。

聊到半夜一點多，他終於覺得該打住了。他說：「好啦！今天就到此爲止吧！講得再多，你也寫不來！」

我問他：「你這麼大方的告訴我這麼多事，你們的電話難道沒有錄音嗎？你不怕被查出來嗎？」

他很爽朗的笑著說：「我們的電話當然有錄音呀！不過沒關係，我待會兒會想辦法把錄音帶給洗掉！」

互道晚安之後，我掛掉電話。這時，我才覺得脖子已經僵得不能動了。可是，我的心情十分雀躍，我知道，我挖到一條超級大獨家了。

我想先交代一下跟我在電話裡聊那麼久的那個人的背景。

基於記者的職責，我當然不能透露他的姓名，就稱呼他爲X先生吧！他是現職的調查員，也是調查局那個神祕單位「重大工程弊端查察小組」的成員之一。

X先生告訴我，調查局原本沒有一個專門查緝公共工程弊案的辦案單位，但是，因爲六年國建開始執行，許多重大工程陸續發包，調查局長吳東明擔心大量發包的過程中，有人會混水摸魚，所以決定要成立一個「重大工程弊端查察小組」來作爲辦案的主力。這也就是這個小組成立的最原始原因。

他接著說，這個小組的成員大約有四十多人。其中的主幹，是原本駐在台灣東部，負責肅貪工作的調查局東部地區機動工作組的調查員。他們的特色是年輕、有幹勁，很適合擔任外勤業務，不過，缺點是辦案經驗比較不足。

所以，爲了彌補這個缺憾，調查局再由各外勤處站排出辦案經驗最優秀的二十多名調查員，經過局長吳東明、副局長程泉及廉政處科長親自面試挑選後，從中間選出最優秀的六人加入。另外，調查局再透過局裡的電腦資料分析，把調查局內、外勤成績最好的前十九人挑出來，加到團隊中，就結合成這個強而有力的專案小組。這群成員中，不乏許多法律及工程方面的碩士，專業素養絕對不會輸給實務界的工程單位。

他說，這個小組成立之後，就奉令搬到新店市北宜路的「青溪山莊」裡，那裡幾乎是一個與世隔絕的地方，可以不受外界的打擾，專心辦案。

這個小組直屬局本部，由副局長兼廉政處長程泉親自率領指揮。他們行動時，一律得著深色西裝、打領帶，光是氣勢上，就比任何辦案單位來得耀眼。

X先生說，重大工程弊端查察小組成立之後，接辦的第一件案子就是這件。而這件案子是行政院長郝柏村親自向調查局長吳東明下令，要求查辦的重大案件。所以，對這群調查局菁英中的菁英來說，這也是他們初試啼聲之作，他們都抱著只准成功、不准失敗的心情來辦案。

聽他那麼說，我才恍然大悟。原來，這個小組的成員個個都大有來頭。而且，由於他們來自四面八方，和台北的記者們以前也沒什麼交情，這就怪不得我們都問不到新聞了。

在電話裡，透過X先生的解說，我也約略了解了十八標案的來龍去脈。

所謂的「十八標」，它的全稱應該是「中山高速公路汐止至五股段高架拓寬工程第十八標」。這個工程的緣起，是爲了疏解中山高速公路行經台北地區路段的車流壓力。交通部經過長期觀察、研究後發現，中山高速公路不管是南下或是北上車流，只要一到了台北地區的路段，就會變得壅塞不堪。如果駕駛人是要從台北地區的幾個交流道下高速公路，那麼，他們因爲車流回堵，被塞在路上，自然無話可說；可是，有些駕駛人並沒有要進入台北市區，他們卻也被塞在高速公路上，這樣的問題必須解決。高速公路拓寬不易，但如果從五股到汐止路段，能在原本的高速公路外側，另闢出兩至三線的高架道路，跨越台北市區，讓那些不想從台北市各交流道下高速公路的駕駛人使用，就能夠有效的疏解交通壓力了。

這樣的構想提出後，行政院也表示支持，於是，高速公路局便著手規畫工程招標案。從五股到汐止，這段路全長二十二公里，如果把南下、北上兩邊的車道算在一起，總長也不過四十四公里，高速公路局提給交通部的資料中，把這麼短的距離切成了三十個標，其實已經有些不合理了，但交通部竟然也同意了。

交通部後來對外的說法是，把標案切得細一點，可以讓更多的廠商同步施工，能夠有效的縮短工期。但是，如果從另一方面來說，一條二十二公里長的高架道路，切成了三十個標，是不是也有「雨露均霑」的味道？目的是不是爲了擺平各方勢力，讓每一家營造商都有飯吃？

這三十個標案中，工程難度最高的，是第十六、十七、十八三個標。這三個標的工程，必須跨越淡水河，又必須與淡水河堤防共構工程同步進行，對一般的營造商來說，是一項很大的挑戰。

在以往，政府的公共工程發包時，會有兩種選擇。一種是公開招標式，一種是議價式。如果採用公開招標，那麼，所有合於資格標規範的營造商，都能進來投標，而且以低於底價，且出價最低者得標。至於議價，則是單獨和某一家營造商協談，雙方談出一個彼此都能接受的價格後決標。

有資格和政府議價的營造商，自然是公營的營造單位，總共有兩家。一家是中華工程公司，一家是榮工處。

對政府來說，公共工程發包，什麼時候要採公開招標，什麼時候要採議價，那是門學問。採公開招標，可以節省政府預算，但風險是施工品質不一定能確保，執行單位必須派人時時刻刻監工，以防有偷工減料的行爲發生。而且，低價得標的民間營造商，如果在工程進行到一半時，因爲周轉不靈，或是認爲無利可圖，突然宣布倒閉，那就很難善後。

因此，對於某些施工比較困難，工期難以掌握，或是風險性較高的工程，政府通常都會以議價方式發包給公營的營造單位。而榮工處和中華工程這兩家公營單位，在性質上也有不同。中華工程有公司執照，可以參與公開招標的競標，但榮工處並不具備公司資格，不能參與競標。所以，如果不是議價的工程案，榮工處根本沒有機會拿到。但長年下來，榮工處養的人不少，在八十一年時，員工總數就將近一萬人，每年的人事費及退休金加起來要六十多億元，因此，榮工處一年如果不能承包三百億元以上的工程，就注定要虧損。

所以，在中山高速公路五股到汐止段高架拓寬工程路線規畫完畢後，當時的交通部長張建邦就承諾要把其中的第一至第六標，以及第十六、十七標分別給中華工程和榮工處議價承包。後來，高速公路局不知道是基於什麼樣的考量，決定把十八標併到第十六、十七兩標，一起都交給榮工處議價。這項變更計畫報到交通部之後，也被批准了。

不過，到了簡又新接任交通部長之後，他卻另有打算。他在八十年十月二十二日發了一道函給高速公路局，指示中山高速公路拓寬工程的各標，「均請以公開招標方式辦理發包作業」。這麼一來，榮工處不要說十八標工程沒了，連原本已在囊中的第十六、十七兩標也等於跟著飛了。

發生了這麼重大的變局，榮工處處長曾元一自然很心慌。他在八十年十一月四日就親自到交通部，拜會簡又新部長，爭取看看能不能讓榮工處拿回第十六、十七標的工程。到後來，曾元一甚至說，要不然，十六、十七兩標，其中一標給榮工處做，另一標採公開招標，給民間營造商做，這樣，就可以比較出來，榮工處的施工品質、價格以及施工能力會不會遜於民間營造商了。

但簡又新似乎不願更改他的決定。曾元一這次的拜會無功而返。

兩個月之後，事情卻又有了變化。

八十年十二月三日，高速公路局局長楊欽耀突然上了一份函文給交通部，函文中說，基於施工經驗及工程管理、工期長短、施工機具及技術人員等方面考量，有關中山高速公路拓寬工程第十八標案，擬以議價方式交由榮工處承包。高速公路局還提出相關的法源依據，即「國軍退除役官兵輔導條例」第八條：「政府舉辦之各項建設工程，如水利、公路、鐵路、橋涵、隧道、港灣、碼頭、營建及軍事工程等，得儘先由輔導會所設之退除役官兵工程機構議價承辦。」

換句話說，在此之前，簡又新才指示高速公路拓寬工程各項標案都必須採取公開招標方式發包，怎麼短短兩個月期間，高速公路局卻竟然發函給交通部，要求把第十八標改爲議價？難道高速公路局眞的這麼大膽，敢違背部長的指示嗎？

而這件公文到了交通部路政司司長黃德治的手上，卻遇到了問題。黃德治看過公文之後，簽報這麼一段意見：「本部行文指示公開招標，不得辦理議價未久，如今若同意議價，實有未妥。」

黃德治簽報之後，公文即轉呈到部長簡又新的桌上。簡又新批示「再研究」，就把公文退回給黃德治。

在官場上，「再研究」這三個字很有學問。簡又新批了這三字，是要黃德治再研究，還是楊欽耀？他心中的想法到底是什麼？是傾向同意讓榮工處包第十八標工程？還是不想讓他們承包呢？沒有人看得出來。

但黃德治也不管，他收到公文後，也循原本的公文流程，再退回給高速公路局局長楊欽耀。

到了年底，黃德治出國到法國考察高速鐵路。這時，高速公路局又重新上了一次公文，這一次，高速公路局改採「機關營繕工程及購置定製變賣財物稽察條例」第十一條的規定，再次爭取把第十八標交給榮工處承包。

這條條文規定，「凡營繕工程……之招標或比價，須有三家以上廠商之投標，方得開標……。但有左列情形之一者，得改用議價辦理之；……一、營繕工程……在同一地區內，經調查僅有一家廠商符合規定招標標準者。」

要注意的是，引用稽察條例第十一條規定，必須是「同一地區僅有一家廠商符合規定招標標準」時，才能以議價方式辦理。但是，第十八標工程是不是眞的只有榮工處這一家營造單位有能力施作呢？如果有任何一家營造商跳出來，喊一聲：「我們也能做！」那麼，馬上就破功了。

可是，這一次，這份公文卻像是搭了直通車，一路綠燈，關關放行，幾天之內就送到審計部核准通過。或許，這跟黃德治不在交通部有很大的關係吧！路上的石頭搬開了，一切就順利得多了。

榮工處取得了議價承包權之後，與交通部、高速公路局的議價工作就在八十一年三月三十一日正式展開。

根據審計部核准的資料，第十八標工程的底價爲二十九億七千兩百萬元。如果榮工處開出的價錢低於底價，就可以標下工程。可是，第一次議價，榮工處就報出了三十七億一千四百多萬元的天價。這個數字和底價相差太多，交通部當然不可能同意，這次議價只好結束。

第二天，四月一日，三方碰面再次議價。這一次，榮工處稍稍降低了價格，但還是高達三十五億四千多萬元，交通部仍然無法接受。到了這個時候，榮工處自己也覺得價錢實在是降不下來了，因此在會中就很直截了當的告訴高公局代表，乾脆不要再議價了，不如把十八標轉爲公開招標吧。因爲，再降價，榮工處實在是沒有利潤可圖，不可能賠本接這個案子。

榮工處的代表回到辦公室後，把議價的詳情往上報，最後連退輔會主委許歷農都知道這件事了。

四月中旬，許歷農在行政院院會結束後，當面跟交通部長簡又新說，十八標的價格太硬，榮工處沒辦法做，最好趕快把這個工程改爲公開招標。簡又新也同意了。

可是，另一方面，高速公路局局長楊欽耀卻私下約了榮工處處長曾元一在來來咖啡廳單獨碰面。見面時，楊欽耀就說，十八標這個工程很困難，很要緊，又必須和榮工處的防洪堤防共構工程配合，所以，還是給榮工處做比較好。而在此時，曾元一也亮出底牌。他說，榮工處最低的底限是三十四億九千萬元，低於這個價格的話，榮工處不可能接的。

五月十二日，三方最後一次議價。榮工處堅持原本開出的三十四億九千萬元，而交通部和高公局都因爲這個價格比底價高出許多，無法談攏，最後只好宣布廢標。

至此，交通部和高速公路局不得已，只好把十八標工程再改爲公開招標。結果，有十家廠商出面競標。六月二十三日，太平洋建設公司以十八億二千九百萬元的最低價，搶下了這個標案。這價格，比原本交通部所定的底價要低上十一億多元，更比榮工處所能接受的最低價少了十六億六千多萬元。

其實，這十家競標的營造商中，出價最高的，也不過只有二十三億多元，比交通部所定的底價也低了六億多。

所以，在這件由公開招標變成議價，再由議價改爲公開招標的過程中，的確有些很不合情理的問題出現。

例如，一、簡又新一接任交通部長時，明明白白的指示，中山高速公路拓寬工程一律採公開招標方式進行。爲什麼短短兩個月時間，這項決定就發生了變化？是高速公路局自作主張？還是簡又新的心意改變？如果是高速公路局自行作主，公文應該過不了簡又新那一關，所以，顯然簡又新在這事件裡，應該有他的角色。可是，簡又新又爲什麼要自打嘴巴呢？他是受到了什麼壓力，或是有比他更高層的人向他作了某些政策性的指示嗎？

二、原本榮工處一直在積極爭取這個工程，爲什麼到後來卻願意放棄？莫非榮工處從一開始就不想包這件工程，是被逼著去包？而榮工處在表明不願承包之後，爲什麼高速公路局局長楊欽耀還要約榮工處長曾元一喝咖啡，苦口婆心的勸他吃下這件案子？到底是誰比較希望榮工處包這件工程呢？

三、榮工處的報價爲什麼那麼硬？民間營造商以十八億就能吃下來的案子，榮工處爲什麼會開出接近三十五億的價格？當然，有可能是施工方式不同、工材的質料不同、工人的薪資結構不同，但再怎麼算，也沒有那麼離譜吧？榮工處的價錢降不下來，是不是有可能是策略性的故意不降價，以達到廢標的目的？或者說，在榮工處的報價裡，除了工程款之外，還包括了其他的款項也在其中？這些所謂的其他款項，是不是就是要給某些人的回扣、佣金或是轉包費？如果有回扣、佣金、轉包費，又是要給誰的呢？

四、最妙的是，在高速公路局上給交通部的公文中指稱，第十八標要由公開招標改爲議價的理由之一，是「工期急迫」。但是，交通部和榮工處的議價就花了將近三個月的時間，最後又改採回公開招標，顯然，第十八標的工程並沒有如公文中所說的那麼急迫。而公文中也稱，議價的另一個理由，是「僅有一家廠商符合招標規定」，可是，最後十八標改回到公開招標時，卻有十家營造商跳出來競標。更好笑的是，十八標的工程中，難度最高的主體工程是「全套管基樁」，這部分的工程，榮工處自己根本做不來，還要轉包給別的營造商來做，反而是投標的十家廠商，個個都有能力施作。看來，所謂的「工期急迫」和「僅此一家」根本都是假話。但公務員揑造事實上報，這是很嚴重的事，高速公路局人員爲什麼如此大膽，敢發這麼不實在的公文？而簡又新又難道不知道這公文裡面所述的理由，根本就是虛僞不實的嗎？他爲什麼又睜一眼、閉一眼呢？

這些問題，我想不透。事實上，跟我說明十八標背景的X先生，他一樣也想不透。而這些疑點，正是未來要調查的重點。

另外，在我們這一夜的談話中，他也告訴我一段一直沒有浮到檯面上的弊情。

他說，根據政府發包公共工程的規定，工程發包出去後，還必須委聘工程顧問公司擔任工程的監造及技術服務等工作。原本，這部分的業務已經談好，要委託給林同棪國際工程顧問有限公司辦理，但林同棪公司提報的監造服務費很高，約等於總工程款的百分之四到百分之五左右，因此，在八十年八月三十日，高速公路局就以林同棪公司的監造費用過高、服務態度不佳等理由，和林同棪公司解約。之後，這項監造及技術服務業務，就轉發給中華顧問工程司承接。

可是，事實上中華顧問工程司的報價一樣很高，但是，高速公路局這次卻沒有反對，反而讓他們把試驗室設備、材試工、測量工、辦公室家具設備及零星費、水電費、電話費、瓦斯費等定期帳單費用，都編列在施工發包預算裡，由承包商提供。這些費用高達兩億四千多萬元，都由承包商當了冤大頭，替中華顧問工程司付款。而高速公路局在承包商代爲付出這筆款項後，必須付給中華顧問工程司的顧問費用就降爲十一億八千一百一十萬元，換算起來，顧問費只占總工程款的三．九三七％，看起來好像比林同棪公司少，可是實際加總起來，絕對不會低於原來林同棪公司的報價。

中華顧問工程司編列的顧問費有多不合理？X先生翻閱預算書後說：「他們編列的人月費，平均每人每月是三十一萬元！連一名小小的計畫主任的月薪，都超過三十萬元！而且，他們還編列了『國外施工觀摩費』，一共是二十八四百萬元的預算！」

在電話裡，他很沉痛的跟我說，高速公路局圖利中華顧問工程司這一段，情節最嚴重，案情也最明確。他拜託我，一定要讓這消息見報。

我也問他，爲什麼高速公路局獨厚中華顧問工程司？這是一個什麼樣的單位？它和中華工程公司有什麼關係？

他告訴我，中華工程公司是公營的營造公司，而中華顧問工程司是一個由政府捐助成立的財團法人，這兩者全然不同。中華顧問工程司在民國五十八年成立之後，陸陸續續擔任很多重大工程的設計及監造工作。表面上，高速公路局委託中華顧問工程司作爲高速公路拓寬工程的技術顧問，所持的理由是他們曾經負責監造中正機場有關的橋樑工程，而高速公路汐止到五股段的拓寬工程中，絕大部分都要採用高架道路，而且要跨越多條河川，具有這樣監工實績的工程顧問公司不多，而中華顧問工程司的經驗最豐富，由他們來擔綱監造業務，萬無一失。但事實上，眞正的理由才不是如此。

他說，這個單位和交通部、高速公路局的關係非常深厚。

他舉例給我聽。這一任中華顧問工程司董事長石中光，是高速公路局前兩任的局長；不少交通部及高速公路局退休的高官，也轉到中華顧問工程司任職；而且，交通部長簡又新的座車，也是由中華顧問工程司提供。換句話說，中華顧問工程司幾乎就等於交通部、高速公路局退休高官的養老院。這也難怪這件重大工程的監造案，會交給他們負責了。

他還說，高速公路局跟林同棪顧問公司解約的理由，是認爲他們報價太高。林同棪公司報出的顧問費是十三億三千七百六十二萬元，中華顧問工程司的報價是十一億八千一百一十萬元，但如果把灌在承包商頭上的那筆兩億四千多萬元也加進來算，那麼，中華顧問的顧問費就高達十四億兩千一百多萬元，比林同棪顧問公司報的價錢還高。

而根據行政院頒布的技術處理要點規定，工程監造費用在五億元以上者，不能超過建造費用的二．二%。可是，在高速公路拓寬工程這件案子裡面，交通部先是以專案方式核定，讓監造費可以提高到工程款的四%，又讓中華顧問把兩億多的顧問費改編列到承包商的費用中，讓預算書上的顧問費壓低到工程款的三．九三七%，這顯然是蓄意在圖利中華顧問工程司了。

我必須承認，跟我說出這麼多內幕的這個人，他所說的每一件事，都是好東西，夠我寫上好幾天了。

這天晚上，我振筆疾書，連寫了好幾篇的長稿。第二天一早，我把稿子傳回報社，馬上轟動整個辦公室。當天下午晚報出爐後，那就更別提同業以及檢察官的眼光了。

我記得很清楚，那天下午三點半，晚報送到法院記者室時，一群電視台以及日報的記者們馬上搶著晚報看，看看有沒有什麼新聞可以再作後續追蹤的。當他們看到《聯合晚報》上，我寫的那些獨家新聞時，他們都嚇壞了。

一群記者問我：「你是怎麼弄到這些消息的？我問檢察官，他什麼都不說，你怎麼可能挖得到？」

我不能出賣我的新聞來源，所以只好裝傻。我推託著說：「我也不知道報紙上這些新聞是誰寫的。我跟你們一樣，我也挖不到。這些新聞應該是報社裡面的人寫的，但是他不敢掛他自己的名字，可能是怕曝光，所以用我的名字作人頭。」

這解釋好像有點牽強，不過，在當時的環境裡，大家都認爲不可能挖得到這件案子的內幕，他們也不相信我辦得到，所以，雖然有點半信半疑，但他們還是勉強接受了我的說法。

可是，到檢察官面前時，檢察官的反應就不是那麼平和了。

他看到報紙上的消息後，整個人從椅子上彈起來。他瞪大著眼，緊盯著我看，問我：「這麼細的案情，連我都還不知道，你怎麼問到的？你這是洩密，這樣做，會造成我們辦案的困擾。」

我可不怕他。之前，我死求活求，請他多少透露一點訊息，但他什麼都不肯說。如今，我自己問到這些東西，他能怪誰？

這也讓我更相信一件事，我後來常常跟朋友說，記者很像飢餓的野獸，你如果餵他，他就會專心的吃你餵他的食物，就不會作怪；但如果你不餵他，他就只好自己找出路，到處東挖西挖，一旦挖到你不想曝光的消息，那後果反而會更嚴重。所以，我永遠相信一句話，「誠實是最好的計策」，愈是遮遮掩掩，愈是躲躲藏藏，記者的好奇心就愈重，最後，被挖出來的東西也就愈多。

簡豐年檢察官語帶恐嚇的跟我說，我報出這些新聞是洩密，會影響他們辦案。我可不以爲然。

我很直接的頂回去，我告訴他：「你們偵訊的內容，我一個字也沒提。你們未來要約談哪些人，我也沒作任何預告。十八標的案子已經吵了那麼久了，哪些人涉案，他們心裡會沒有數嗎？如果要湮滅證據，我看大概也都完成得差不多了，不會等到我的新聞登出來之後才去做吧？更何況，我所報導的，大部分都是已經成爲事實的部分，是不會被竄改掉的資料。報導這些案情，怎麼會影響你們辦案呢？」

他被我頂得說不出話來，只好嘆了一口氣離去。

我既然已經搭起了這麼重要的一條線，自然不會輕輕放過。每一天白天的時間，我還是正常的在法院裡頭跑新聞，半夜時，我就躲到書房裡，把房門反鎖起來打電話問新聞。問完之後，立刻寫稿。連續好幾天，我都忙到半夜三、四點才睡覺。

我也知道X先生是冒著很大的風險跟我聯絡的，所以，對外我絕口不提他的事。甚至到現在，我想，除了給我電話號碼的長官之外，都還沒有人知道他的眞實身分。

而這一段期間，調查局的辦案進度也沒有慢下來。在此之前，重大工程弊端查察小組已經做了一個多月的準備，他們把該調到的卷宗都調來了，相關的書面資料也都整理差不多了。八月十一日開始發動約談行動後，案情馬上推升，每天都有新的動作，每天都約談新的對象到案調查。交通部、高速公路局的官員，由下到上，由外到內，逐一被約談。一時之間，交通部和高公局風聲鶴唳，人人自危。別說曾經經辦過十八標案子的官員們無心辦公，就連沒事的人，情緒也受到感染，一片低氣壓。

交通部裡不少官員私下不滿的放話說，調查局辦案，不找高階主管，只拿基層公務員開刀，這算什麼？如果決策有問題，那也出在高階官員，不會出在基層。有人也質疑，十八標案原本是「特權關說」案，怎麼不見約談立委，卻爲難這些小公務員？難道，眞的是「苦幹實幹，移送法辦」嗎？

另一方面，交通部長簡又新也跳出來說，他相信被約談的官員都是清白的，所以，交通部決定要爲他們聘請律師打這場官司。

八月十四日，行政院長郝柏村突然講話了。對於正在偵辦中的十八標案，他說：「我願意與受委屈的清白官員站在一起！」

這句話說得相當突兀。

什麼是「受委屈的清白官員」？十八標案就是由郝柏村親自向調查局長吳東明下達指示後，才展開偵辦行動的。但是，案子還沒辦完，郝柏村卻突然來了一句「願意與受委屈的清白官員站在一起」。是誰受委屈了呢？是這些被約談的官員嗎？他們有罪沒罪都還不知道，檢察官也還沒偵結起訴，郝柏村怎麼就說他們是「受委屈的清白官員」呢？如果這些被約談的人，都是「清白官員」，那麼，誰才是貪贓枉法之徒呢？在此時此刻，郝柏村說出這句話，是不是希望調查局就此打住，不要再辦下去了？但若是如此，這又不是和他之前的指示相互矛盾嗎？

這話傳到在青溪山莊裡辦案的重大工程弊端查察小組成員耳中，更是別有一番滋味，大家的士氣馬上就跌到谷底。為此，調查局副局長程泉還特別召集他們作精神鼓勵。

程泉說，郝院長的說法，應該只是為連日被約談的行政單位內清白的公務員打打氣，而不是要干涉辦案。

他說：「十八標案件偵辦到底的決心不變，有多少證據就辦多少人！」

不過，他也特別提醒大家，日後再約談官員時，一定要更慎重，而且手續要齊備、證據要扣牢。

鼓勵了辦案人員，但程泉自己卻撐不下去了。這天深夜，程泉在辦公室裡突然大量吐血及便血，不久之後，他就昏倒在地。警衛馬上把他送到醫院急救。台大醫院急診室搶救後發現，程泉有嚴重的胃病和十二指腸潰瘍。經過緊急為程泉輸血兩千西西之後，他的情況才穩定下來。

聽到這個消息後，我馬上打電話問調查局。官方的說法是：這是因為程泉工作壓力大，而且父喪不久，加上有病在身，才會有大量吐血、便血及暈倒的情形發生。

調查局沒說的是，程泉很可能是因為郝柏村的那段話，憂憤不已，才會撐不下去。

八月十五日，調查局的辦案人員扛著巨大的壓力，約談高速公路局局長楊欽耀。在此之前，高公局被約談的承辦人員已經供出，十八標由公開招標改為議價的指示，是局長楊欽耀下達的，所以，他的到案，自然相當重要。調查局也很緊張，因為，如果楊欽耀一個人把責任擔下來，這案子就沒辦法向上發展了。但如果他供出，他也是受了指示，才決定把十八標發給榮工處，這就有得玩了。

果然，楊欽耀不願獨自背負這個責任。在調查局偵訊時，他很直截了當的說，他之所以會下令部屬簽辦公文，把十八標改為與榮工處議價，的確是受到上級的指示。至於，這上級是誰呢？楊欽耀一個字一個字的說：「簡部長！」

楊欽耀到案，是十八標案的一個重大突破。他在應訊時雖然情緒不穩，但相當合作，因此也供出了不少重要的案情。

楊欽耀說，簡又新部長指示他，「給一個標給榮工處做。」所以，他才會要部屬在前一年十二月三日簽報公文到交通部，說明要把第十八標改成議價，讓榮工處承包。

他說，當時交通部路政司方面可能還不知道這份公文是依照簡又新的指示呈出的，所以，路政司司長黃德治在轉呈公文加簽意見時，就批示「有關高速公路五股到汐止段拓寬工程，依交通部之前發函，應全面採公開招標作業，退輔條例第八條雖規定得予政府所屬之工程機關議價，但依前旨，尙與政策不合。」而這份充滿反對意見的公文，事後在簡又新手上被退回到路政司工務科存查。

後來，有人向交通部路政司工務科科長楊弘光說明其中隱情，楊弘光就要高公局把這份公文抽回去，再用同一個文號，不同的發函日期，另外再寫一份內容不同的公文。在這一次新的公文中，高公局仍然說明要與榮工處議價的理由，但引用的法令依據，卻由原本的退輔條例改爲稽察條例，而且，在公文中還聲稱只有榮工處有能力承包，所以必須與榮工處議價。

這份公文呈出後，因爲路政司司長黃德治出國，經副司長簡世德代簽轉呈後，由簡又新批准。

至於，是誰想到這個點子，把引用的法令依據由退輔條例改爲稽察條例？楊欽耀並沒有明說，他只是很含蓄的告訴辦案人員：「這是與上面研究出來的結果。」

另外，在調查員的追問下，楊欽耀也供出，的確有立委曾經跟他關說及施壓。他也把名單一五一十的說出來。

其實，原本楊欽耀並不想說的。但是，問案的調查員告訴他，之前被約談的交通部及高公局官員都說，他們都知道有哪些立委介入，可是他們都保留，決定要讓受到最大壓力的局長楊欽耀自己說。這些基層官員也告訴調查員，如果楊欽耀不肯說，那麼，他們不可能坐視高公局被抹黑，他們會自行召開記者會，把一切內幕都說出來。

果然，在這樣的壓力下，楊欽耀把關說的立委名單都說出來了。

這天晚上九點半，調查局結束偵訊，把楊欽耀移送到台北地檢署，交給專案檢察官簡豐年複訊。複訊結束後，檢察官下令讓楊欽耀交保回家。

看到楊欽耀被交保，我直覺有些不對勁。

在此之前，已經有十一名官員被約談過了，除了黃德治之外，每一個人都被移送到地檢署複訊，可是，每一個人都獲得交保，沒有半個人被押起來。我很好奇，這麼重大而且複雜的案子，檢察官難道不怕他們串供嗎？

而且，這些官員被約談到案時，身邊都跟著交通部聘請來的律師。官員在訊後被釋回時，交通部長簡又新都會約見他們，問他們在地檢署和調查局都說了些什麼，然後再和律師研究相關的應對之策，這難道還不算是串供嗎？可是，檢調單位好像視而不見，完全不擔心有任何證據會滅失。

同樣的，楊欽耀交保後，簡又新也馬上約見他。在獲知楊欽耀已經把他供出來之後，簡又新大驚失色。

八月十六日是星期天。交通部臨時發了一個新聞採訪通知，通知上說，第二天，也就是星期一，簡又新將親自召開記者會，把十八標案的內幕完全公開。

是的，從七月五日葉菊蘭丟出那篇質詢稿至今，簡又新保持了四十三天的沈默，對外不肯透露半點內情。如今，當他知道他已經被高速公路局局長給供出來之後，他終於選擇要打破沉默，公布眞相了。

十七日，星期一。這天，也是簡又新要公布相眞的日子。但這天上午八點半，他卻先到了行政院，面見行政院長郝柏村。

而在簡又新進入行政院之前，比他動作更快的調查局局長吳東明已經先到了郝柏村的辦公室，向他面報十八標的辦案進度。

在報告中，吳東明毫不保留的說：「根據已經被約談到案的官員供述，十八標之所以會由公開招標改成議價，是簡又新部長指示的！」

郝柏村大驚，但他仍然指示吳東明幾個重點。其中，繼續追查詳情當然是重點之一，更重要的是，郝柏村指示吳東明，基於保障人權的立場，在證據不足之前，絕對不能收押任何人。

郝柏村爲什麼會作出「不能收押任何人」這項指示?當時，我一直百思莫解，但等到全案告一段落之後，我才慢慢悟出其中的道理。在此，先賣個關子不談。

吳東明奉令而去之後，簡又新隨即面見郝柏村。他們兩個談了些什麼，外界不得而知，但我猜，應該是先針對下午記者會的內容沙盤推演一番吧！

這天上午，調查局很意外的暫時鳴金收兵，沒有任何約談動作。或許，這也正是風雨前的寧靜，大家都在靜候，等著看簡又新要如何出招。

記者會召開的時間是下午三點半。

中午，我截完稿，匆匆吃過午飯之後，就走到交通部去。其實，交通部和台北地檢署的距離並不遠，一個在長沙街、一個在博愛路，走路大約十分鐘就到了。如今，因爲一件十八標的案子，交通部和地檢署之間勢同水火，這也眞是出乎意料。

我到達交通部的會議室時，那裡已經擠滿了記者，而且，除了本國的媒體之外，許多外國記者也都來了。看得出來，十八標這件案子已經成爲中外都關心的大事了。

三點半，簡又新進入會議室。一開始，他就先掏出一張郝柏村親批給交通部的嘉勉狀，把它展示在大家面前。

一時之間，照相機的快門聲此起彼落。

簡又新緩緩的說：「中山高速公路五股到汐止段高架拓寬工程由於都全面採取公開招標方式，總共兩百七十五億元的預算經費，招標後的決標價爲一百四十九億元，招標結果一共替中華民國人民納稅的錢節省了一百二十六億元。」

他頓了一下說：「這個結果也報告給行政院郝院長。郝院長對這個成績表示嘉許，他也認爲，招標作業節省公帑，應予嘉勉。」

接著，他開始談到十八標的相關情形。

他說，整個十八標的發包過程，可以分成兩個階段來說。第一個階段，是由原本的公開招標改爲議價，第二個階段，是由議價再改爲公開招標。

他緩緩的說：「從公開招標到議價，政策上的事是由我這個部長決定，其他事務性的工作，是由同仁來完成。」這也等於說，他終於承認，議價的指示是由他下達的。

記者們追問他，十八標發包的過程中，究竟有沒有立委介入？

簡又新回答，在他主觀的認定上，第一個階段中，沒有關說。但第二個階段，也就是確定要和榮工處議價之後，「確實有立委要求提高底價。」

這話說得更勁爆了。

記者們繼續追問：「是誰要求提高底價的？」

可是，簡又新這回又不肯說了。

大家逼問了半天，問不出個所以然來。有一位記者突然發難，高聲問簡又新：「你有沒有打算辭職？」

聽到這句話，簡又新突然變得十分憤怒。他揮舞著右手，高聲的說：「我沒有理由在爲國家節省了一百二十六億的情形下，還要提出辭呈！」

也有記者質疑，十八標事件爆發以來，簡又新不一直就是個悶葫蘆嗎？爲什麼在高速公路局局長楊欽耀被約談後，他卻改變心意，決定開記者會公布眞相呢？

對此，簡又新的回答也很有趣。

他說：「過去汐止到五股二十二公里長高架拓寬工程，全面採取公開招標，結果相當好。我原本打算招標作業結束後，再對高公局、路政司敘獎，但非常意外，上星期起，從高公局到路政司部分同仁，不但沒有受獎，反而以圖利榮工處、僞造文書、貪瀆等罪嫌移送法辦，令我非常震驚與意外，所以我才會召開記者會。」

當然，他這種說法，我根本不相信。

說完，簡又新以另有要公爲理由，快速離開會議室。

但記者們怎麼可能就此放簡又新離去？一大堆的疑點還沒釐清，還需要簡又新再作回答，怎麼可以讓他跑了。

於是，在簡又新起身時，大批記者一湧而上，層層包圍著他。

簡又新的兩名隨扈馬上靠過去，努力的排開記者，硬是擠出一條路，讓簡又新離去。面對記者們七嘴八舌的追問，簡又新又是充耳不聞，他帶著僵硬的微笑，很快的就離開了會場。

記者會結束後，我回到地檢署，去找承辦檢察官簡豐年。

他好像還沒從驚嚇中醒來。看到我，他只是喃喃的說：「有關說！眞的有關說！」

簡又新承認，十八標的工程由公開招標改爲議價，是出自於他的指示。他會如此坦白承認，我想，絕對不是因爲勇敢，而是因爲逼不得已。因爲，直接接受到他下達指示的高速公路局局長楊欽耀，已經把他給供出來了。他如果再否認，再不召開記者會說明，那麼，檢調單位下一步就非約談他不可。

如今，他既然已經承認了，而且還聲稱這是部長的行政裁量權，看起來好像很理直氣壯的樣子，但如果仔細分析，裡頭還是有疑點的。

舉例來說，如果是政策變更，那麼，交通部就應該發一道正式的公函給高速公路局，取代之前所說的「高速公路拓寬工程一律採取公開招標制度」的宣示。但是，很顯然的，簡又新並沒有這麼做，而是私底下直接跟高速公路局局長楊欽耀說。這是爲什麼？

再者，既然是政策變更，高速公路局上給交通部，要把十八標交給榮工處議價承包的公文，就直接寫是「奉部長指示」就成了嘛！爲什麼還要東翻西找，硬去湊些什麼牛頭不對馬嘴的法令規章，讓榮工處議價行爲合理化。既然不是不可告人，爲什麼行事時又要遮遮掩掩？這更說不過去。

還有，交通部路政司司長黃德治顯然沒有接到簡又新政策變更的指示，所以，高公局上來的公文才會被他簽滿了反對意見。而這份公文送到簡又新手上時，簡又新又爲什麼不把黃德治叫來，跟他說明白？爲什麼要批個不痛不癢的「再研究」，就把公文退回去？又爲什麼要趁黃德治出國考察時，火速批准第二份公文？這裡頭，難道眞的有什麼不可告人的祕密嗎？

在記者會中，簡又新說，他本來想要獎勵有功的高公局和路政司人員，但是，黃德治這個不合作的司長，顯然不在敘獎範圍內。因爲，在十八標發包之後不久，他就被拔掉司長職務，改調爲交通部參事，後來又被調到道安委員會充任執行祕書。這擺明了是「順我者昌、逆我者亡」的作法嘛！

不管怎麼說，我還是覺得，簡又新聲稱，十八標由公開招標改爲議價，是政策變更，這樣的說法，我完全不能接受，這裡面一定還有內幕。可是，很奇怪，自從簡又新開了記者會，承認招標改議價的決定是他下達的之後，這部分的偵查行動就停下來了。

案子，辦不「上」去了！

案子既然不能向上發展，自然必須另闢蹊徑。檢調人員開闢新戰場，往榮工處方向著手。

很巧的是，在簡又新召開記者會的這一天上午，葉菊蘭突然又對行政院提出緊急質詢，聲稱十八標的議價過程中，曾經向高公局局長楊欽耀關說的立委，就是國民黨籍的吳耀寬！

葉菊蘭丟出這份質詢稿後，這天下午簡又新在他召開的記者會中，也公開承認，的確有立委介入關說，但他不能說出立委的姓名。這一搭一唱，配合得實在太準了！

吳耀寬被點名，他當然否認。社會各界也不知道該聽誰的，都抱著半信半疑的心情，看著這事件的發展。

我知道，我必須找人求證。而唯一能夠給我線索的，就是X先生。

這天晚上，我又躲進書房，反鎖房間，打電話給X先生。我問他，葉菊蘭說的是不是眞的？介入十八標案的立委是不是就是吳耀寬？

X先生並沒有給我明確的答覆，他很保留的說：「楊局長當然有跟我們說，是哪幾位立委介入關說，但我們絕對不可能把這麼敏感的內幕，在此時此刻公諸於世。但我們很好奇，葉菊蘭爲什麼會有這種情報？她爲什麼知道得這麼清楚？有沒有可能是交通部裡面的有關人士透露給她的？」

我不是白癡，我當然聽得懂他話裡的意思。X先生從頭到尾就沒有否認葉菊蘭的質詢內容，他只是說，消息不是檢調單位露出去的，這就等於間接證實葉菊蘭所說的情節是可信的。而X先生暗示我，這消息可能是交通部內部有關人士透露給葉菊蘭的，而「交通部內部有關人士」會是誰呢？知道關說細節的人沒幾個，是楊欽耀？還是簡又新？不管是哪一個人把這消息外洩給反對黨的立委，目的又是什麼？

第二天，我看到報紙上都在分析、探討有沒有立委介入關說的新聞，我認爲，這部分的消息一定要繼續追，要把眞相公諸於世，否則大家辯來辯去，卻沒有半點依據，只是打口水仗，有什麼意義呢？所以，這天晚上，我又再次打了電話給X先生。

沒想到，這一次的電話採訪，竟然出奇的順利，大出我意料之外。

我開口問：「拜託，能不能告訴我，吳耀寬究竟有沒有涉入十八標的案子？我快被搞瘋了，我都不知道該相信哪一邊了。」

他很快的回答：「你的紙跟筆準備好了沒有？開始抄吧！」

我大喜過望。他一口氣把整件關說的經過全都說出來了。

他說，在五月四日晚上，立法委員吳耀寬出面宴請高公局局長楊欽耀、榮工處處長曾元一、副處長翁孝倫和會計副主任楊惠青等有關議價的核心官員，在台北市南京東路「富臨極品」餐廳吃飯。那段時間，正是榮工處和高公局議價議得最僵的時刻，吳耀寬的出面，自然很受矚目。

在那次的餐會中，吳耀寬向高公局局長楊欽耀表示，六年國建工程繁浩，特別是中山高速公路的拓寬工程，以及北二高工程，未來都是六年國建的重點。

之後，吳耀寬話鋒一轉，他說，高公局訂出的中山高十八標的底價太低，人家榮工處做不來，是不是可以提高一點？

楊欽耀當場回答，工程底標都是報到審計部核准的，他一個人沒有能力去提高底價。

但是，吳耀寬卻說，依照審計法施行細則與稽察條例規定，如果議價不成，業主可以調高底價二十%。而調高底價的部分，可以由高公局的上級主管呈報交通部核准，並經審計部同意後調高。

對此，楊欽耀啞口無言。

吳耀寬繼續說，榮工處與高公局第二次議價時，開出的標金是三十五億四千萬，應該已經低於十八標底標增加二十%的價款了。

楊欽耀沒有想到吳耀寬是有備而來，把相關的法令程序都弄得清清楚楚。他沒辦法回答，只好推說，他要回去跟長官研究研究。吳耀寬也沒有再次進逼，這場關說工程底價的鴻門宴，就這麼結束了。

事後，楊欽耀向簡又新報告這件事，簡又新才因此知道吳耀寬介入關說。但是，簡又新並不同意把十八標的底價調高。

五月十二日，高公局最後一次與榮工處議價。由於交通部的底價維持不變，而榮工處最後一次出價爲三十四億九千萬元，還是高出底價，而且表示再也降不下去了，雙方議價只好宣告破裂。

我聽完X先生跟我講述的這段內幕之後，心情眞是難以形容。我從來沒想到，原來，立委關說工程，可以到這麼赤裸裸的地步。

但我也十分好奇，前一天，我問X先生，吳耀寬有沒有介入關說，他不肯透露，爲什麼事隔一天，他卻願意說了？而且還說得這麼詳盡？

X先生也不諱言，他本來是不打算把這事情說出去的，但後來實在愈想愈氣。因爲，在楊欽耀供出吳耀寬介入關說之後，他們很興奮，打算要約談吳耀寬到案說明，可是，這份約談計畫卻被上級打了回票。上級還跟他們說，吳耀寬在餐會裡，並沒有藉勢壓迫，也沒有提到議價成功之後，將推薦哪一個小包作爲榮工處的協力廠商，更沒有提到他要在事後分紅。所以，上級認爲，吳耀寬的行爲最多只能算是「關心、關切」，但還達不到「關說」的地步，更沒有涉及違法。

X先生很氣憤的跟我說，爲了這件事，他們小組還和上級長官吵了一架。基層辦案人員質疑長官，辦案怎麼可以畫地自限？吳耀寬有沒有和榮工處談好前金後謝，這要查過了以後才知道；他會不會找某些特定廠商充當榮工處的下包，轉包十八標工程，這也要清查之後才能確定。調查局怎麼可以在完全沒有清查過可疑對象的任何證據之前，就停手不查？

他還說，之前辦案小組爲了要不要約談簡又新部長，就已經跟上級吵得很不愉快了，沒想到，這次又是這樣。所以，他想來想去，既然上級不准他們約談吳耀寬，那麼，他就把消息告訴我，把吳耀寬的行爲公諸於世，看看輿論的壓力會不會讓長官改變主意。

我問他，爲什麼長官不准你們約談簡又新或是吳耀寬呢？

X先生嘆了一口氣說：「長官告訴我們，人家部長是政務官呢！我們調查局最大的，不過就是個局長罷了！雖然說，局長是十四職等，事務官裡的最高階，但是，從體制上來說，調查局仍是法務部的下一級單位。你想想看，如果局長約談部長，那不就等於是以下犯上了嗎？」

他頓了一下：「如果連局長要約談部長都那麼困難，更不用說是調查員約談部長了，那層級差得更遠！」

我問：「立委呢？立委也有層級的問題嗎？」

他說：「你不知道嗎？在國內，立法委員的地位，比照部長這一階的政務官呢！就拿簡又新來說好了，他在進入行政院之前，不也是立法委員嗎？如果我們不能約談部長，又怎能約談立委呢？」

我覺得他的論點有點似是而非。我質疑他：「照你這樣說，部長開車撞死人，也不能辦囉？警政署長的階級也比部長低呀！」

他同意我的看法。他說：「你說的沒錯！所謂法律之前人人平等，講的就是不管你有什麼樣的身分、階級，在法律面前都沒有誰大誰小的問題。我們辦案，是代表國家行使法律的調查權和追訴權，再大的官，在法律面前都該低頭。但是呀，這道理我懂沒有用呀！長官還是不願意去挑戰高官呀！」

我聽完了之後，很義氣的說：「你放心吧！你的委屈我知道了。明天等著看我們的晚報吧！我不把吳耀寬的新聞寫出來，我這個記者算是白當了！」

八月十九日這天的新聞很多，榮工處處長曾元一前一晚才從美國回來，這天一早他就到調查局接受偵訊。另外，我也對吳耀寬的關說案發了一篇稿子，編輯下的標題是「餐敘座上客／三人如是說／吳耀寬　確曾關說要求抬高十八標底價」。

新聞一登出來，果然又造成轟動。就調查局約談榮工處長曾元一這件事來說，它的效應不輸給高公局局長楊欽耀被約談。因爲，楊欽耀是十八標由公開招標改爲議價的關鍵人物，因爲他被約談，才供出簡又新授意一事。而曾元一是曾經打算承包十八標的榮工處處長，榮工處當初有沒有打算包下這標工程後，再轉包給其他廠商？幕後有沒有立委介入關說？有沒有特定人士想要分食工程大餅？這些疑點都要靠曾元一的到案說明才解得開。所以，曾元一被約談，當然很震撼。

但另一方面，我把吳耀寬關說過程完全報導出來，那更震撼。由於我寫得非常詳細，有如現場重建，自然給外界一種可信度很高的感覺。但是，被我點名的吳耀寬，他可就受不了了。

消息見報當天下午，他先是打電話到報社，向總編輯提出嚴正抗議，接著，他又發函要求報社更正，而且，他還揚言要控告報社和寫稿的記者——就是我。

這天下午，我剛好要回報社開會。一踏進報社採訪中心，總編輯就很緊張的跑過來，問我：「你寫的消息到底正不正確呀？人家都上門說要告報社了！如果你寫錯了，你趕快承認，我們去跟人家道個歉，再登個更正啓事，把事情處理掉算了。」

我很生氣，沒想到報社這麼沒有骨氣。

我很大聲的告訴總編輯：「沒錯，吳耀寬關說那天，我不在現場，他們幾個人說了什麼話，我眞的不知道。可是，我相信我的消息來源，他很可靠。老總，你前幾天不是還在誇我，說我寫十八標的新聞篇篇都是獨家，而且一路領先全國各家媒體嗎？十八標的新聞寫到現在，我哪一次出過錯了？爲什麼這次你不相信我？」

他無言以對，只是嘆了一口氣，說：「你自己要注意一點才好！」

回到組裡，我仍然很生氣。我氣呼呼的打開報紙，看到一則掛著我的名字的特稿，標題是「招標改議價　部長有裁量權／唯後令更正前令未通知路政司　致惹出連串風波　不無疏失」。我愣了一下。

這天上午，我的確發了一則特稿。但是，在稿子裡，我分析說，簡又新部長明明公開指示，高速公路拓寬工程要全面採用公開招標，但卻又私下指示高公局「給榮工處一個標」，結果，高公局官員不得不配合部長的指示，在公文上捏造不實的理由，硬把十八標塞給榮工處。而這也正是這些被約談的官員，會被檢調單位認爲涉及僞造文書和圖利罪的主要原因。在特稿中，我也強調，對於交通部和高公局所屬官員被約談，簡又新難辭其咎。

可是，登在報紙上的這篇特稿，完全不是這麼一回事。

見報的特稿已經不是原來我寫的那一篇了，而這篇新的特稿最後兩段更是這麼寫著：「從行政裁量權的觀點，部長有權對公共工程一體招標，也有權找一個標給榮工處議價。而基於形勢考量，更可以『後令更正前令』，換句話說，早先是一體招標，到後來一樣能抽出部分標與榮工處議價。若是議價金額過高，交通部不接受，還可以再改回公開招標。」

「只是，簡部長在後令更正前令時，應通知幕僚路政司及附屬單位高公局，但他只告知高公局，未告知路政司，形成兩單位意見扞格，惹出連串風波，實不無疏失之處，也引起外界猜疑其中有什麼內幕。」

我丟下報紙，很生氣的看著組長，問他：「這是怎麼回事？我原來的稿子不是這樣寫的！」

組長一開始還很官僚的回答我：「你有什麼意見嗎？你的稿子不能改、不能修嗎？」

我很大聲的說：「你是長官，新聞跑得比我久，你改我的稿子，我沒話說。可是，改稿子也有一定的程度吧？如果我的語意不順、贅字太多，或是出現了錯別字，你當然可以改。可是，你怎麼可以把我的分析稿改到與原本的意思完全顛倒？我稿子裡明明是說，簡又新有問題，可是，見報的稿子卻變成在替簡又新開脫，你這不是強姦我的看法嗎？新聞工作可以這麼幹的嗎？你如果跟我有不同意見，或是覺得我寫錯了，你可以把我的稿子丟到垃圾桶不登，我都沒話說，可是，你怎麼可以扭曲我的意見？你要登相反的看法，你自己重寫一篇，掛你自己的名字嘛！為什麼要我當人頭？」

我憤怒至極。

組長看我發了那麼大的脾氣，他馬上軟下來。他走過來拍拍我的肩膀，低聲的跟我說：「老實告訴你吧！你的稿子我根本沒有改，我送到上面去，登出來就是這樣子了！」

我不信，我問他：「怎麼可能？沒改過的稿子，見報以後內容會完全相反？難不成見鬼了？」

他有點慌了，一直安慰我，要我不要那麼大聲。因為，採訪中心裡，已經有很多人轉頭看我了。

他壓低聲音說：「是總編輯改的啦！你如果有意見，你去找他說！」

我一聽到「總編輯」三個字，腦袋像是炸開了，好幾秒鐘都無法思考。

我告訴自己，不可能。堂堂第一大報，聯合報系的總編輯，怎麼可能幹這種事？可是，我又想起來，前一次，我進報社開會時，老總就很突然的找我過去談話。那一次，他先是很和藹的告訴我，我十八標的新聞跑得非常好，每天都有獨家的權威消息，他知道我天天寫稿寫到半夜，一直跟我說「辛苦了！辛苦了！」

接著，他又問我對十八標這件案子的看法。當時，我很直接的回答他，我認為這件案子就是一件圖利他人的貪瀆弊案，而且，簡又新絕對脫離不了關係。

我回憶起，當我正說得眉飛色舞時，他卻好像無心聽我述說這事件的種種內幕，他反而告訴我，很多事情，不能只看一面，要多從其他的層面觀察，或許會有不一樣的結果。

那時，我因爲受到鼓勵，還很興沖沖的，根本無心去咀嚼他話中的意思。沒想到，他那些話就是一種暗示，要我不要再對簡又新窮追猛打。

等到我寫了這篇特稿，把目標對準簡又新，火力全開的轟他之後，老總大概覺得再不擋一下不行了，所以就弄了一篇幫簡又新開脫的文章出來。

可是，我不明白，老總如果眞的認爲簡又新是無辜的，爲什麼他不直截了當的跟我說？如果，他覺得我的特稿角度有問題，他爲什麼不用他的名義自己寫一篇？見報的這篇特稿，和我原本寫的那篇，幾乎已經完全走樣了，爲什麼還要掛我的名字？是因爲我連續報導十八標新聞好幾天，成了這新聞事件的代言人，所以才要用我的名字發稿，以說服讀者嗎？新聞界也那麼黑暗，那麼內幕重重嗎？

我只是一個小記者，但我無法容忍我被出賣的感覺。我看著組長說：「好！那我去找老總理論！」

我「嘩！」的一聲站起來，組長嚇一大跳，他馬上伸手按住我的肩頭，硬把我塞回位子上。

他很緊張的說：「你瘋了呀？你敢去跟總編輯吵？你以後還要不要混呀？」

我一拍桌子，大怒說：「從我跑新聞到現在，我從來沒有混過！你不要我去找老總，可以！那麻煩你帶話給他，以後，十八標的新聞我不跑了，讓他自己去跑！」

說完，我拂袖而去。

直到今天，我還是不能諒解當時總編輯的行爲。以前，《聯合報》創辦人王惕吾先生常常告訴我們，《聯合報》秉持的傳統就只有四個字，那就是「正派辦報」！我絕不相信，所謂的正派辦報，是可以扭曲記者稿子裡的意思的。我也知道，這事件如果發生在歐美等比較強調新聞自由的國家裡，總編輯非下台不可！

我雖然生氣，但是工作卻放不下來。對我來說，跑新聞是一種狂熱，我不可能明明知道有大事發生，卻裝作若無其事，穩如泰山般的坐著不動；我也不可能在採訪到重大獨家新聞之後，還憋著不發稿。我很想用怠工的方式來表達我對報社的抗議，可是我做不到。不是我怕事，而是因爲這新聞太迷人了，我捨不得不發。

不過，之後的轉折，卻出乎我的意料。

前面說過，十九日這天，我發了三則大稿，一則是榮工處長曾元一被約談的消息，一則是立委吳耀寬關說案現場重建，一則是總編輯竄改過的分析稿。那天晚上，我再打電話給X先生時，卻找不到他了。

我很狐疑，我不知道是因爲他們工作太忙了，所以沒時間接我電話，還是因爲他被我那篇爲簡又新開脫的分析稿給激怒了，決定從此不理我了。

少了消息來源，接連三天的新聞內容就變得很貧乏，幾乎寫不出什麼新東西，我痛苦不堪，不過，報社也沒怪我。反正，我跑不到，其他記者一樣也沒跑到什麼好東西。

到了二十二日，星期六的晚上，我再嘗試打電話給X先生，這一次，他接了電話。

我很小心的問他：「之前幾天一定很忙吧？曾元一到案之後，一定供出很多精采的內幕，所以你們忙著查證，就沒時間接我電話了喔？」

他的聲音很衰弱：「是很忙呀！忙到翻天了。可是，不是忙著辦案，是忙著寫移送書！」

「移送書？」我嚇了一跳：「不會吧？曾元一才剛剛約到，這案子還有很多後續等著開花，你們就不辦了？就要移送了？」

他更正我：「什麼叫做『就要移送了』？我坦白告訴你，今天上午，我們已經派專人親自把移送書送到簡豐年檢察官手上了！」

「怎麼可能？這案子就這麼停啦？」我驚訝得不得了。

他嘆了一口氣，說：「長官指示，政務官不在我們偵辦的範圍之內，查察小組是技術官僚，站在行政中立的立場，我們只能有多少證據，辦多少事。所以，曾元一到案之後，長官就指示我們，如果該查的都查得差不多了，那就趕快移送。所以，我們連趕三天，今天把移送書給送出去了。」

「那麼……」其實，我也不知道我該接口說些什麼了。

他拜託我：「小范，我能請你幫個忙嗎？」

我滿口答應。

他說：「案子出手之後，我們就管不了了，以後，檢察官會怎麼結這件案子，完完全全就得靠你們這些無冕王來監督了。記住，不能讓這件案子死掉，不要讓別人把這件案子給賣掉！」

他說得很沉重，我基於正義感，也一口答應。

可是，進入司法程序的案子，又豈是我這麼一個小記者所能監督的？

簡豐年檢察官在八月二十二日接到這個案子的移送書之後，他的動作非常快，二十五日他就召開第一次偵查庭，二十八日，第二次偵查庭召開。九月一日開始寫結案書類，九月二日，台北地檢署就宣布，這件案子偵查終結，調查局移送十四名被告，檢察官起訴其中八人，另外六人因爲證據不足，不起訴處分。

案子移到台北地方法院之後，進行的速度更快。台北地方法院合議庭三位法官訂了連續兩天的庭期，以馬拉松的方式從早到晚開庭，從調查庭到辯論庭一氣呵成。十月二十三日，台北地方法院就作成判決，八名被告通通無罪！

我還記得，當我聽到法院把八名被告都判決無罪之後，我大爲驚訝。

我馬上跑到檢察官辦公室，告訴檢察官這個消息，他也是一臉不可置信。我問他要不要上訴，他想了一會兒，才用最官式的答案回答我：「等我收到判決書，詳閱判決理由後再決定。」

其實，我覺得我這是多問的。因爲，按照地檢署的慣例，檢察官起訴的案子如果被判無罪，那是一定要上訴的，否則，那豈不是代表檢察官濫行起訴嗎？

可是，我錯了。

照規定，上訴時間是檢察官收到判決書翌日起十天，如果超過十天，那就不能再上訴了。從台北地院判決之後，我就在數日子。一天一天的等，等到第十天上午，我再跑去問檢察官簡豐年，決定要上訴了沒有？

他一臉神祕的告訴我，要不要上訴，下午就會決定了。

我聽他這麼說，再加上以前類似案件的慣例，我大膽研判，他一定會上訴。所以，這一天我就很「押寶」式的發了一則新聞，說檢察官已經決定對十八標案提出上訴，至於上訴理由，下午會由台北地檢署對外公布。

下午，晚報印出來了，日報記者看到我的報導，就跑去找簡豐年，他看到我的新聞後，很驚訝的說：「我沒有這麼說呀！記者怎麼這麼寫？」

說完，他丟下大批記者，衝到檢察長辦公室去了。

約莫半個小時之後，簡豐年檢察官一臉尷尬的走出檢察長辦公室，他告訴我們這一群守在門口的記者，他有重要消息要宣布。

我們大家都屏氣凝神，備妥紙筆準備抄錄。

他一個字一個字的說：「有關於十八標案件，本署經過研究後，認爲台北地院法官判決理由完備，本人已經決定，不對本案提出上訴！」

他話一說完，我馬上愣在當場，久久說不出話來。

我不敢相信，怎麼可能？這件這麼重大的案子，怎麼可能一審就判決確定了？

我高聲的問簡豐年：「檢察官，請問你是不是受到了什麼壓力，所以才決定不上訴的？」

他有點惱怒的看著我說：「檢察官獨立辦案，怎麼可能受到壓力？」

我繼續問他：「如果你沒受到壓力，那你爲什麼不上訴？」

他也很高聲的回我：「法院判得對，我很服氣的接受判決結果，爲什麼要上訴？」

我挑戰他：「法院判決無罪，如果是正確的，那麼，這是不是說，你起訴他們，是錯的？你是不是有濫權起訴的問題？」

我這問題踩到了他的痛腳，他很怒的瞪著我，說：「這件案子經過本署和調查局共同偵辦，過程非常謹慎，怎麼可能有濫權追訴的問題。」

我不放棄：「檢察官，如果你起訴沒有問題，法院的無罪判決也沒有瑕疵，那麼，請你告訴我，問題出在哪裡？」

他回答得很妙：「這只能說，是檢調單位和法官的法律見解不同。」

於是，這件曾經轟動全國的十八標案，就這麼莫名奇妙的落幕了。

過了十來年後的今天，我再回想當年司法單位偵辦這件案子的過程，我才恍然大悟，這一切，不過是場司法大戲，根本是早就套好招的樣板。

先從調查局這方來說吧！從八十一年八月十一日開始，調查局發動第一波約談行動，原本，這件案子可以辦得轟轟烈烈的，可是，辦到二十二日，案子就突然停下來，草草移送到地檢署了。也就是說，調查局展開司法調查行動的時間，前後只有十一天。這麼重大的案子，只花了十一天調查，能查出什麼嗎？調查局這麼急著把案子送出去，是在急些什麼呢？

調查局急，地檢署更急。

簡豐年檢察官收到案子後，在一個禮拜之內，連續開了兩次庭，之後就起訴了。他從收案到結案，前後也只用了十一天的時間。

事實上，當簡豐年起訴十八標案時，被告的律師還很不爽呢！有一位律師就跟我說，他不知道檢調單位在急些什麼。他說，八月二十八日檢察官開完第二次庭之後，他和其他的律師回家趕寫答辯書，九月一日才把答辯書送到地檢署，九月二日就聽說檢察官起訴結案了。

是呀，檢調單位在急些什麼呢？調查局在十一天的約談行動中，一共約談了十九名官員，其中，交通部路政司四人，高公局十一人，榮工處四人，這些被約談的對象中，後來有十四人被調查局列爲被告，但他們沒有一個人被檢察官押起來。這麼重大的案子，沒有人犯在押已經很不尋常了，而既然沒有人犯在押，檢察官又有必要那麼快就結案嗎？爲什麼不能多查一查呢？

案子到了法院之後，更是離奇。在法官還沒開庭之前，就有一名很特殊的大人物私底下告訴我，這件案子已經講好了，法官會連續兩天開庭，而且一次就辯論終結，之後就會把被告都判無罪。一開始，我還不相信，想不到，事實的經過眞的就是這樣。

法官只連續開了兩天庭，像大拜拜似的把所有的被告、證人都一股腦兒的傳到庭上來問話，之後就結案了，好像深怕開太多次庭會耽誤被告們的工作似的。而判決的結果，也眞的都判了無罪。

最詭異的是，判了無罪，檢察官還不上訴，還表示對法官的判決心悅誠服。這是我跑司法新聞以來，從來都不曾看過的場面。

後來，我想想，不就是這麼一回事嗎！調查局約談了十九人，最後只移送了十四人，第一階段，就脫掉了五個人；之後，簡豐年起訴八個人，另外六個人不起訴處分，又把案子的分量減輕一半；最後，法院再針對這八個人判無罪。也就是說，每過一關，承辦的司法人員就抖掉一點重量，大家平均分攤責任，最終就把這麼一件超級大案化爲烏有。

這其中，如果不是事先套好招，怎麼可能會有這樣的結果？

另外，在檢察官的起訴書裡，從頭到尾都沒有出現過「簡又新」三個字，好像他與十八標一點關係也沒有的樣子。對於這一點，我曾經提出質疑，但檢察官根本不理我。

我連寫兩天新聞炮轟這一點，社會各界也對於檢察官不提簡又新這一段，都表示難以理解。逼到後來，台北地檢署也破天荒的在起訴之後兩天，再發了一則新聞稿，補充說明十八標工程案的偵結結果。

在這份補充說明的最後一段寫著：「本件調查局之移送書，並未列簡又新或立委爲被告或關係人，且按檢察官之職責在於偵查犯罪，茲調查局移送書既未移送簡又新或任一立委涉嫌犯罪，經檢察官調查結果亦無發現簡又新或立委有任何犯罪行爲，至有無關說、關切或關心，如前所述，因與檢察官偵查犯罪之職責無涉，殊無於起訴書或不起訴處分書予以說明之必要。」

這樣的辯解根本是過於牽強了。

台北地院的判決書比檢察官的起訴書要好一點，但也僅只於一點點。在判決書裡，法官同樣沒有提到「簡又新」這三個字，但遇到不能不提時，就以「簡部長」代替。其實，這也很奇怪，依照慣例，在法院的公文書裡，不管提到的是被告、證人或是關係人，以往都是直呼其名，唯獨這一次，法官遇到「簡又新」時，自動把他變成了「簡部長」。這是爲什麼？其中的心態頗值得玩味。

而台北地院把十八標判無罪之後，檢察官自稱接受判決理由，但問題是，十八標案到今天仍然留下好幾個疑點。其中最引人爭議的部分就是，爲什麼交通部、高公局最初與榮工處議價時，榮工處堅持非三十五億元，否則無法施工，而最後開放競標時，太平洋建設公司卻以十八億元得標，並稱仍有利潤？公、民營對工程款項的計算竟然差到近一倍，這太不可思議了。

其次是負責監工的中華顧問工程司，在呈報監工費用時，有重複編列的情形，但法官卻仍然認爲不構成犯罪。而交通部路政司官員抽換公文，並篡改公文內容，明知十八標工程不符合議價條款，但卻仍然堅持與榮工處議價，竟然也不能成爲構成圖利榮工處的犯罪證據。此外，交通部、高公局會與榮工處議價，事後也由前交通部長簡又新承認，是他下的指示，這部分法官也認爲沒有刑事責任問題。這些問題都是令國人難以理解之處。

這麼矛盾重重的判決，竟能讓檢察官服氣，不也是太妙了嗎？

直到現在，我怎麼想還是想不透。如果這件案子眞是套好招了，那麼，爲什麼不一開始就讓檢察官把所有的被告都不起訴處分？這不是更節省訴訟資源嗎？何苦還要檢察官起訴其中的一部分被告，讓他們嚇得半死，到法院再打一場官司後，才換得無罪的判決？這豈不是多此一舉嗎？是不是最高層的決策官員想，如果不走一趟完整的司法程序，結果就不足以服眾？但是，即使法院判了無罪又如何？在社會上，還不是信者恆信，不信者恆不信！

在司法大戲之後，另外一場更精采的戲碼，緊接著在監察院上演。

台北地檢署檢察官於九月二日偵結十八標案之後沒幾天，監察委員張文獻也完成了調查報告。

九月七日的監察院院會中，張文獻提出調查報告，並提案糾正交通部、退輔會。但是，有七名監察委員發言反對糾正交通部，其中，還有一位監察委員說：「交通部在本案中嚴守中立，替國家節省大量公帑，不但不應該糾正，還應該嘉獎！」

最後，動用表決的結果，糾正案被駁回。監察院通過的調查報告中，也把「糾正」改爲「函請行政院查明見復」。

而在張文獻的調查報告中，他也把曾經介入關說十八標案的立委名字點出來，那分別是：吳耀寬、高資敏、葛雨琴。對於這一部分的調查報告文字，也有部分監察委員提出不同意見。有幾位監察委員說，立委不是監察院監督的對象，所以，有關立委姓名部分，應該從調查報告中刪去，不應該讓這些名字曝光。但張文獻力爭，他強調，他的調查報告只是公布一個事實過程，他並沒有要追究立委介入關說的行爲是否有不當之處，如果連立委的名字都不能曝光，那麼，他這份調查報告就毫無價值可言。眾人說不過他，只好讓步，這才讓介入關說的立委姓名留下了紀錄。

司法和監察這兩路程序走完之後，還有一些後續的消息值得一提。

承辦十八標案的台北地檢署檢察官簡豐年，不久之後就被記了功，而且還以公費招待他到法國旅遊。記功的原因當然不能明白的說是因爲偵辦十八標的案子，因爲，檢察官起訴的案子被判無罪，不被處分就已經很幸運了，怎麼還能記功？我後來打聽到，簡豐年被記功的理由，是因爲他偵辦多件毒品案，績效卓著。但實際的原因是不是如此，那就留給後人說了。

而一開始，把十八標案子辦得轟轟烈烈的調查局重大工程弊端查察小組呢？他們初試啼聲的案子，最後結局等於是全軍覆沒，按理來說，這是很大的恥辱才對。可是，很奇怪的是，在這件案子判決無罪之後不久，調查局局長吳東明卻下令頒發五十萬元的獎金給這個小組。如果這件案子是件烏龍案，調查局重大工程弊端查察小組爲什麼還能領到五十萬元獎金，這又是什麼道理呢？

至於被我點名之後，一開始跳跳跳，一度揚言要控告報社和我的立法委員吳耀寬，在監察院的調查報告中也證實他的確涉及關說後，他就從此閉口了。沒多久，吳耀寬突然發病，送醫之後不治。

對於他的死，我其實心中一直抱著愧疚感，我在想，那或許與我在報導中把他揭發出來，多少有點關係吧！

簡又新呢？他在十八標案裡，千鈞一髮的閃過，沒有吃上官司，但台北的政壇，他再也待不下去了。不多久，簡又新就遞出辭呈，而行政院長郝柏村也馬上批准。後來，他更被外放到英國，去當駐英代表，遠離台北這個是非地。

從現在的角度來看十八標案，那原本就是一場政治鬥爭的戲碼。

原本，屬於非主流派的新國民黨連線立委們，在立法院裡對著屬於主流派的交通部長簡又新窮追猛打。之後，在野黨的葉菊蘭突然出手，反打新連線的立委涉入十八標工程的關說案。於是，行政院長郝柏村下令調查局調查，結果查出最有問題的人，竟然是簡又新，而事件一旦發展到這個局面，就必須進行損害控制。我不知道幕後的協商過程，但總而言之，結果就是大家全部平安下車，統統沒事，誰也沒鬥倒誰。那或許也是一種恐怖平衡吧！

在政壇的主流與非主流鬥爭還沒結束。

十八標案的司法程序才剛結束，當時的財政部長王建煊就因爲土地交易要按實價課稅的政策，遭到李登輝總統強力反對，憤而提出辭呈，宣布參選立委。一個月後，環保署長趙少康也宣布辭官，同樣也表態要到台北縣參選立委。結果，這年年底，王建煊和趙少康都以極高的票數當選，進入立法院。

第二年，這群新國民黨連線的立委們就集體脫離國民黨，另外組成了新黨。這一切，都不能不說是十八標案之後的政治效應。

匆匆十年過去。當年的風風雨雨，戰友政敵，都好像變得更模糊了。我手邊有一份八十一年十月十三日的報紙，如今看起來，相當有趣。那個時點，是台北地檢署已經起訴十八標案，而法院還沒判無罪，監察院調查報告已經出爐之後的時段。

在這份報紙中有這麼一則新聞，提到立法委員陳水扁在立法院裡質詢交通部長簡又新的故事。新聞中說，陳水扁前後共計向簡又新問了數十次：「你在向監察院報告時，是否曾向張文獻提到李勝峰或郁慕明涉及關說？」但簡又新每次都回答：「本人已向監察院說明過，監察院對於本案有詳細的報告內容。」

對於這樣的回答，陳水扁很不滿意，他大罵：「到底是郁慕明和李勝峰有介入，而你不敢說？還是沒有介入，你不肯替人家澄清，故意要抹黑人家？身爲一位政務官，你公開在記者會上說有立委介入關說，爲什麼沒有勇氣進一步澄清？」「你這種拒絕澄清事實的行爲，一方面是沒有擔當，掩護非法，另方面是沒有道德，故意陷人於不義！」

但是，簡又新就是不願開口爲郁慕明、李勝峰澄清。這場質詢就從上午十一點半，一路對峙到中午休息時刻，再從下午兩點半冷戰到三點多。眼看簡又新就是不肯直截了當的回答，陳水扁最後大怒說：「行政院閣員裡，該下台的不下台，不該下台的反而下台了！」

在旁的郁慕明後來要求發言說：「今天立法院爭的是尊嚴，十八標案的是非曲直定要水落石出，才能向社會交代。身爲一位國民黨籍立委，今天竟然由民進黨立委出面來主持正義，所有在場的國民黨立委都應該感到慚愧。將心比心，今天如果是其他在座的立委身陷此案之中，試問你們又作何感想？」

很妙吧？當時，被陳水扁大罵「該下台的不下台」的簡又新，後來卻在陳水扁成爲總統後，被任命爲外交部長；而當年感嘆要靠陳水扁主持正義的郁慕明，如今卻成爲阿扁強硬的政敵。在政治圈裡，哪有什麼永遠的朋友或是永遠的敵人呢？

開車從高速公路出台北時，每次經過淡水河那一段，我都會習慣性的看著路邊的高架道路，那裡，就是十八標工程的所在地。中山高速公路五股到汐止段的拓寬工程，已經完工很多年了，也的確擔負起抒解交通流量的重責大任。每天使用這條道路的駕駛人不知幾凡，但是，會有多少人像我一樣，每次走過這條路時，就想起當年這件轟動全國的十八標大戲呢？

阿達新聞檔案之

職棒簽賭檔案

對全國的職棒球迷來說，九十二年元月十三日，是個特別的日子。因爲，在這一天，中華職棒聯盟與台灣大聯盟所屬的那魯灣公司簽署了合併協議書。分庭抗禮長達七年的兩大聯盟，從此合而爲一。台灣的職棒運動史，從民國七十九年的職棒元年一路走來，到八十五年出現台灣大聯盟這個「第二聯盟」，直到此時才又回歸大一統，這正應驗了「天下大勢，合久必分，分久必合」的道理。

若要談這兩大聯盟其中的風風雨雨以及恩怨情仇，或許可以寫成一部厚厚的大書了。但那不是本檔案所關注的重點，我們關心的是，爲什麼職棒風潮會由盛而衰？

歸其原因，應該是在民國八十五年爆發的職棒簽賭案。

那次的弊案，讓不少死忠的球迷對職棒死心，從此遠離球場。它所造成的傷害，至今還很難評估。

民國八十五年，職棒七年，八月二日晚上，剛和興農牛打完球的兄弟象的隊員們，回到台中市大雅路的飯店內休息。不久，有幾名男子也跟到飯店，把陳逸松、陳義信兩名球員押走，在路上，陳逸松獲准打電話回飯店，把吳復連約出來。他們三個人被押到一家酒店談判，雙方一言不合，對方突然掏出手槍，接著用槍柄把吳復連的頭敲破。

這消息很快就傳開了。

於是，原本一直暗藏於檯面下的職棒簽賭事件，馬上就浮到檯面上來了。

職棒運動怎麼會與賭博有關？是從哪個時候開始與賭博掛上鉤的？正確的時間點已不可考了。但是，我們只要細想，六支職棒隊伍，一年高達三百場賽事，幾乎天天有賽程，這麼規律的安排，這麼精采的比賽，這麼容易鎖定的標的，要不引發幫派角頭開盤聚賭拚輸贏，那根本是不可能的事。

職棒打了七年，這項職業運動也已經漸漸成熟，球員在球迷們的心目中，也有了一定的分量，各球隊都有著自己的後援會，跟著球隊南來北往，四處征戰。在場內，球迷們各爲其主，加油聲此起彼落；但在場外，更多的是手拿著簽注單的賭客，他們眼睛盯著電視的轉播畫面，心裡頭卻是七上八下，深怕自己押錯了寶，落得血本無歸的地步。

場內有球迷加油，場外有賭客嘶吼，職棒不熱也難。

如果問我，這樣的情形，中華職棒聯盟難道不知道嗎？我想，那是不可能的事。但是，就算知道，那又何妨？有更多人關心球賽，對職棒只有好處，沒有壞處，又何必制止？

但是，就因爲有著這種鄉愿心態，卻讓好不容易才萌芽的職棒運動，提早被判了死刑。

吳復連被敲破頭事件，等於把這層爛瘡給掀了開。這下子，身負治安維護工作的檢警單位，不能再坐視不理了。因爲，如果只是單純的賭博，也就罷了，現在，連球員的安危都受到了威脅，那就不能不處理了。

案發地點在台中。台中地檢署檢察長王炳輝馬上下令成立專案小組，要求檢察官全力偵辦。另一方面，調查局也動起來了。台中市調查站透過線民提供的情報，在第一時間掌握到逞凶的黑道角頭身分，並且馬上把這項寶貴的情報呈報給法務部長廖正豪。廖正豪認爲，查緝賭博，並不是調查局的業務職掌，所以，這案子暫且不必由調查局介入。他把線索發交給台中地檢署，要求檢察官指揮警方快速偵辦。

其實，早在吳復連被打事件爆發之前，中華職棒聯盟董事長陳重光就已經隱隱覺得不對勁了。六月十七日那天，他和祕書長屠德言悄悄的拜訪了廖正豪，並且提供一份台中地區大盤口莊家的個人資料，希望法務部能訓令檢察官把這些莊家們都抓起來。七月十二日，屠德言再傳眞了一份更詳細的資料給法務部檢察司副司長蔡清祥，請法務部務必有所作爲。

陳重光也不諱言，興農牛隊的負責人楊天發曾經告訴他，興農球隊的球員中，可能有人涉及賭博，這消息讓陳重光感到憂心忡忡。因爲，如果只有場外的人簽賭，問題還不算大，但若連球員也軋上一腳，等於球賽就有可能發生放水醜聞，比賽也就喪失了公平性與公信力。這樣的醜聞一旦曝光，可想而知，一定會讓球迷們反彈。以後，還有誰會像個傻子似的，到球場爲支持的球隊喊破喉嚨加油呢？

檢警人員大舉出動，甚至連在球賽進行時，都有大批身著制服或便服的警察，擠入觀眾席中蒐證。但職棒簽賭的歪風並沒有因此而稍止，反而像是火上加油似的，愈演愈烈。許多原本經營六合彩的組頭們，也開始兼營職棒簽賭站的副業；有些新興的科技公司，更做起電話投注的生意，讓賭客們更方便下注。球賽還未開打，要讓幾分的盤口早就已經開得滿天飛了。

台北，是職棒賽事的重點地區，台北地檢署自然也要有所表現。檢察長吳英昭一聲令下，由主任檢察官曾忠己、檢察官黃柏齡、薛維平所組成的專案小組馬上成立，而且很快就有斬獲，查到了「樂亦科技」、「和登公司」涉及職棒簽賭案的證據。

誰也沒想到，就在大家一頭熱的查辦職棒簽賭案時，突然發生了「槓上開花」的情形。「槓上開花」，是辦案單位的術語之一。意思是說，原本在辦某件案子，結果，案子還沒查完，卻又衍生出案外案。這種情形很像滾雪球，常常會愈滾愈大，辦案人員每次遇到這種情形，都很頭痛，因爲，只要沒控制好，案子就會膨脹到不可收拾的地步。可是，如果眞遇到槓上開花的案子，不辦也不行。

這件職棒簽賭案是怎麼開花的？原來，檢警人員到和登公司搜索時，意外的查獲了一批有關於有線電視拉斯維加頻道「龍虎爭霸戰」節目，涉嫌以接受觀眾叩應方式下注的電視簽賭案。雖然，這案子與職棒簽賭無關，但是，既然同樣是賭博，只要被發現了，就不能裝作沒看到，一樣還是得辦。檢察官深入追查，發現拉斯維加頻道的製作單位是「巨登育樂公司」，於是揮軍前往台北市忠孝東路六段新學友大樓，直奔巨登公司總部搜索。

這次搜索，原本一無所獲，可是，眼尖的檢察官卻發現地上的一只垃圾桶內好像有些異物，他捲起袖子，伸手到垃圾桶內掏了半天，竟然掏出了一疊撕碎的簽單。這麼一來，在場的人員全傻了眼。

巨登公司的負責人是楊登魁。不管在演藝圈或是黑白兩道，楊登魁這三個字，絕對非常有分量。想要動他，沒有十足的把握可不行。

檢察官想出了一個「先禮後兵」的策略。他先是透過媒體發表七點聲明，呼籲有線電視業者應該自律，如果發現自己所屬的頻道播出可能會被人家利用作爲犯罪工具的節目時，要有「瑕疵產品全面回收」的現代企業經營理念，把這樣的節目停掉，以盡企業的社會責任。

檢察官喊話之後，過了三天，眼看拉斯維加頻道仍然繼續播出「龍虎爭霸戰」節目，這等於坐實了業者沒有善意回應。既然業者不理會，那麼，檢察官再出手，大家可就沒話說了。

八月二十六日晚上，楊登魁接受台北市刑警大隊偵四隊的約談。影劇圈的大亨被約談，馬上轟動全國。

這次的約談，楊登魁矢口否認犯罪。警方在偵訊之後，也一反常態的，沒有把楊登魁移送台北地檢署複訊，反而直接把他釋回。

當晚，我在楊登魁獲釋後，搶到了一個獨家採訪他的機會。這也是我第一次和楊登魁近距離的接觸。

該怎麼說呢?楊登魁的個頭很小,和印象中的「大哥」們應該有的魁武身材很不相當。他相當客氣,絲毫看不出有任何江湖氣息,可是,在他身後一字兒排開的保鏢們,可是個個高頭大馬,對他也是畢恭畢敬。

在兩個小時的專訪中,楊登魁幾度激動得全身發抖。他說,他承認自己是一個曾經混過黑社會的人,但是,他已經努力改過,如果,他今天再因爲賭博而被起訴,不管是不是被判有罪,他都沒有臉再接辦年底的「金馬獎」了。

說眞話,我很受到感動。我能夠體會一個年少輕狂、血氣方剛時走錯路的人,到了中年之後力圖向上的心境。楊登魁走上經營有線電視頻道這條路,並且積極栽培自己的兒子楊宗憲成爲知名的歌手,更搶下了金馬獎的籌備工作,他一切的努力,就是希望大家忘掉他的過去,他想以一個單純的媒體經營者自居。但是,這樣的努力,眼看就要破局。

我還記得,那晚,楊登魁很激動的說:「以我過去在黑社會的資歷,如果要搞職業賭場,哪個地方搞不起來?我又何必要用這種方法搞賭?」他也知道,其實賭博的罪並不重,但是他說:「檢察官說我搞賭,這和我以前犯的過錯相比,根本不能相提並論,可是,這次卻讓我感覺最沉痛,我連續兩個禮拜都不敢出門,怕被人家指指點點。我不甘心,我這四年來的努力,拚命想往上爬的心血,到如今都付諸流水。」

我問他,如果他眞的沒做,那麼,巨登經營的拉斯維加頻道,怎麼會播出「龍虎爭霸戰」

這麼一個有爭議性的節目呢？

楊登魁告訴我，這節目是巨登的總經理吳弘文一手策畫的，是吳弘文和美國的傳播業者簽約，把這節目引到國內來的。

楊登魁說的很實在，他說：「我的學歷如何，你們都很清楚，我根本看不懂英文，怎麼可能到美國和業者簽約呢？這案子雖然是吳弘文簽的，但我是巨登的負責人，我不能說一切都不知情，要不然，我沒資做人家的大哥。可是，做這個節目，主要是為了刺激收視率，以便帶進更多的廣告，根本不是為了賭博。」

不過，楊登魁大概自己也知道，他這一番辯詞，檢察官會採信的可能性不大。在當時社會一股「嚴加查辦賭博歪風」的意見氣候下，楊登魁也很怕自己會被羈押，於是，他選擇避走海外。

八月二十八日下午三點多，在他接受警方約談後的一天半，他帶著兒子楊宗憲搭機前往加拿大暫避風頭。

楊登魁出走，檢察官只好選擇巨登的二當家，也就是總經理吳弘文下手。吳弘文在檢察官偵訊之後，被下令收押禁見。結果，此舉卻讓白冰冰跳出來。

九月二十一日，白冰冰搭著勞斯萊斯高級轎車，到台北地檢署，當面向檢察官抗議。她哭得梨花帶雨：「這案子大不了就是賭博嘛！有必要把總經理收押禁見嗎？檢察官有必要用這種方法，把員工押起，逼老闆出面嗎？」

幾天之後，楊登魁突然從國外打電話到台北地檢署。他先是向檢察官致歉，然後他說，他絕對不是故意迴避檢察官對他的調查，而是因爲他聽說，政府當局表面上要辦他賭博罪，但實際上是要把他列爲「治平專案」的對象，要把他送到綠島去。

他告訴檢察官：「我已經快六十歲了，我實在不能忍受被人五花大綁，再用直升機押解到綠島，還被電視實況轉播。如果檢察官願意就事論事，只針對賭博這一部分的情節偵訊我，那我一定回來讓你問。」

檢察官的回答也很乾脆，他說：「我手上就只有你的賭博案，所以，我只會問你這部分的案情。你是不是治平專案的對象，我不知道，我也不能對你作這樣的保證。」

這樣的對話等於沒有交集。楊登魁於是鐵了心，決定不回國了。他付出的代價很大。一方面，檢察官對他發布了通緝令，一方面，因爲他人在海外，所以年底的金馬獎籌辦工作也不能做了，只好換手由他人來辦。

至於巨登公司的總經理吳弘文，後來如何了呢？他被檢察官押了一段時間之後，終於獲准以一百萬元交保。

檢察官批示准許吳弘文保釋那天，有一位身材曼妙的女子走進台北地檢署，爲他辦妥了保釋手續，之後，這名女子和吳弘文一道兒回到了位於台北市信義路和安和路口的豪宅。回到家之後，女子下了逐客令，吳弘文當天就打包從這屋子裡搬走了。

當時，我對這女子的名字沒有什麼印象，直到後來爆發了「黃義交事件」，我才猛然想起，啊！對呀！就是她嘛！

沒錯！幫吳弘文辦妥保釋手續，跟著又把他趕出房門的，就是何麗玲。

職棒簽賭案在楊登魁這麼一攪和之下，原本的偵查進度就被弄亂了。等到楊登魁案暫告一個段落，檢察官又回頭再查職棒簽賭案。

八十五年十二月二十七日，台北地檢署起訴一波職棒簽賭案，被告有十八個人，其中，絕大多數都是販賣「強棒樂遊戲卡」的強棒樂公司人員。不過，大家關注的不是這些人，而是統一獅隊的領隊郭俊男，他也被起訴了。

檢察官起訴他的理由是認爲，強棒樂遊戲卡是一種專供賭博之用的工具，但統一獅隊的領隊郭俊男和幾名球團工作人員也代銷這種卡，所以也是共犯，因此一併起訴。

在這之前，其實已經有幾件職棒簽賭案被起訴了，但那些案子起訴的被告，都只是開設賭博盤口的莊家，眞正軋到職棒球隊成員的，這是第一件。

但即便如此，這樣的成果還是無法讓社會大眾滿意。球迷們眞正關切的，絕對不是哪幾個盤口被抄了，也不是誰在賣什麼遊戲卡。大家想要知道的是，到底職棒球員們有沒有參與賭博行爲？有沒有打放水球？

八十六年元月二十八日，這個問題有了答案。

這天下午，調查局台北市調查處社會文教組的一批調查員，專程趕到屏東縣內埔鄉，找到了時報鷹隊的集訓營。調查員說明來意之後，把正在練球的兩名投手郭建成、卓琨原以及三壘手古勝吉帶到高雄，借用調查局南機組的偵訊室對他們三人展開偵訊工作。

郭建成最早被突破，隨即被解送回台北市調查處繼續偵訊。卓琨原、古勝吉兩人在第二天上午也被押回台北。他們三人在偵訊告一段落後，又被移送到台北地檢署，由黃柏齡檢察官複訊。訊畢，三人都被收押禁見。

三十一日，調查局再度出擊。這一次被約談的對象，是時報鷹隊的張正憲，以及剛剛從時報鷹跳槽到和信鯨的楊章鑫。同樣的，他們也被收押禁見。

二月十二日，調查局展開第三度約談行動，統一獅隊的鄭百勝、郭進興以及由統一獅轉檯到和信鯨的江泰權都被約談到案。他們三人的命運依舊，也被收押禁見。

短短半個月，檢調單位就收押了八名球員。從這些球員的背景分析，時報鷹、統一獅這兩隊，都涉及打放水球的行爲。球迷們大爲錯愕，心情更是沉痛，很多人都在問，是不是這六支球隊都有問題？職棒的基業好像在一夕之間，就要崩頹了。

表面上，檢調人員辦這件職棒簽賭案，辦到這裡，看起來好像比較像個樣子了，大家也很佩服，檢調單位果然厲害，眞的能夠把球員涉賭的案情查出來。但實際上，這個辦案團隊，卻有著嚴重的隱憂。這裡頭，最大的問題就是「檢察官指揮不動調查局」。

怎麼說呢？先從承辦檢察官說起好了。

承辦這件案子的檢察官黃柏齡，其實是個好好先生，做人相當客氣。在檢察機關裡，他並不算是那種「天縱英明型」的犀利角色。從他以往所辦的案子來看，他也不算是什麼「紅牌」的檢察官。對於職棒界的生態，黃柏齡更是一無所知。

所以，職棒簽賭案一開始辦時，黃柏齡就非常痛苦。因爲，他並不了解他辦的對象，是個什麼樣的團體。如此一來，檯面上，這案子是由檢察官指揮偵辦，但骨子裡，眞正掌握偵辦進度的，卻是原本應該受檢察官指揮的調查局。這就出現了反客爲主的味道了。

舉個例子來說。有一天晚上，調查員把約談到案的球員移送到地檢署，交給黃柏齡複訊。在移送前，調查局已經先打過電話給黃柏齡，向他說明了大致的案情，黃柏齡也有了初步的心證，決定要在偵訊之後把這些球員給押起來。

可是，等到調查員把球員送到地檢署時，已經是三更半夜了。地檢署最後一班的囚車都已開走，等到訊問完畢後，要由誰來把這些球員解送到台北看守所去呢？地檢署的人力不足，總不能讓這些球員在地檢署的候訊室裡待上一夜，等到天亮之後再解送到看守所吧？

檢察官於是很客氣的向帶班的調查局台北市調查處社文組副主任李磐打個商量。黃柏齡問李磐：「待會兒，我問完了之後，如果要把他們押起來，你們的人可以幫忙把人送到看守所去嗎？」

按理說，李磐的階級比黃柏齡低，他應該要服從黃柏齡檢察官的指揮。可是，他聽到檢察官這麼說，卻回了一句：「檢察官，沒有這種例子吧？而且，我們也沒有人了。我們忙了一天，大家都要回去睡覺了。明天早上，我們還有行動呢！」

換句話說，調查局是不肯跑這一趟了。

黃柏齡沒料到調查局有這麼一招，當場傻了。

當時，我正好在檢察官辦公室裡鬼混。原本，我不打算作聲，可是，看到調查局那些人趾高氣昂，一副把檢察官踩在腳底下的樣子，我的無名火就冒出來了。

我跳出來，很大聲的說：「檢察官，你不要理他。什麼叫做『沒有這個例子』？我告訴你，我隨便舉，就能舉出好幾個例子。誰說調查局不能解送被告到看守所的？以前，地檢署和調查局之間，就是這麼分工的。如果調查局移送人犯的時間早，囚車還沒走，人犯就由地檢署的囚車送走；如果調查局自己拖時間，囚車都走了以後才移送人，那麼，這些人就由調查局的人自己解送到看守所去。」

李磐瞪了我一眼，我不理他，繼續說：「檢察官，你不要被他們欺負了。他們如果不肯送人，你打電話給他們處長，看他們送不送？」

黃柏齡在我的鼓勵下，腰桿似乎也挺得較直了些。他凝視著李磐說：「我看，還是請你們的人辛苦一下吧！難道要我自己送人嗎？」

我在旁邊附和說：「是呀！如果明天我們家的晚報登出新聞，標題是『調查員壁上觀，檢察官親自解送人犯到看守所』，你看會不會很精采？」

李磐見狀，只好屈服。

這一回合，檢察官總算占了上風。

我舉這個例子，並不是故意要讓誰難堪，我只是要凸顯，檢調雙方之間的關係，常常是不對等的。如果，今天承辦案件的檢察官，是一位很有魄力的人，調查局的人就會乖乖的聽話，不敢造次；但如果，承辦檢察官個性比較軟弱，調查員常常就會騎到檢察官頭上來。

以前，還有些調查員私下跟我說：「檢察官算什麼？叫他們辦案，他們眞的會嗎？還不是要靠我們！告訴你，我要檢察官押人，他不敢不押！我要他放人，他不敢不放！」調查員的心態，由此可見一斑。

在偵辦職棒簽賭案的這個團隊裡，就有這種現象發生。

因爲，眞正主導這件案子偵辦進度的，並不是黃柏齡檢察官，而是前面提到的台北市調查處社文組副主任李磐。

說起李磐這個人，也很有趣。他頂著一個大光頭，身材結實，全身皮膚曬得黑黑的，乍看起來，和中華職棒聯盟祕書長屠德言，還眞有幾分神似。事實上，在職棒簽賭案的偵辦過程中，李磐不只一次被跑職棒的體育記者誤認爲屠德言。有一次，他正要把一名被約談的球員帶離球隊時，不巧碰上了記者，李磐很擔心約談行動會曝光。沒想到，這名電視台記者卻問他：「祕書長，請問你對職棒球員涉及賭博，有什麼感想？」當場，李磐哭笑不得。

檢察官對調查局有著無力感，但爲了績效，所以也只能放手讓調查局自己去衝。一開始，調查局的偵辦行動進行得相當順利。這原因也很簡單，倒不是說調查員有多麼的神通廣大，能夠把案情掌握得清清楚楚，而是因爲這些被約談到案的球員，其實都相當的單純。試想，球員們平常時的生活形態就是練球、賽球，和社會的接觸層面也不深，對法律的認知也有限，調查員幾下子的軟硬兼施，球員們幾乎個個都被突破心防，坦白認罪。

最早被突破的，就是時報鷹隊。

被約談到案的球員，很詳細的爆出了球隊打放水球的內幕。

他們供稱，鷹隊原本是由古勝吉和楊章鑫擔任「總務」，負責和主持盤口的黑道兄弟們接觸，並且由他們把黑錢轉交給隊上的球員。後來，楊章鑫轉到和信鯨之後，「總務」的工作就由卓琨原接手。

通常，盤口要求球隊放水，開出的價碼是給每名球員三十萬元，盤口也會派人在場監控球員在場上的表現。如果，某些球員的配合度高，盤口會再加碼到五十萬元，如果表現差強人意，也可以拿到四十萬元。

比賽結束後，如果勝負結果和事前約定的相同，盤口就會用紙袋把黑錢包成一大包，交給球隊的總務，總務再根據這包錢裡面所附上的明細表論功行賞，把錢轉交給每一位球員。

這些盤口大多是在比賽當天的下午兩點到五點之間接受賭客下注，五點到七點這兩個小時裡，盤口就會審酌兩方押注金額的多寡，再決定晚上的這場比賽要不要指定某一隊放水。通常，要不要放水的訊息，要等到晚上七點鐘，球賽正式開打前，才會通知投手。

通知的方式有好幾種。有時候，盤口會自己打行動電話給投手。如果電話不通，就用別的暗號，例如，找人送可樂到球員休息區去。球員看到可樂，就知道該放水了。

當投手接到放水的指令後，他踏上投手丘，就會打暗號給捕手，捕手再作暗號給一壘手，然後，再逐一把訊息傳達給全隊。

不過，這種方式有時候也會「出鎚」。因爲，在比賽前，球員也不知道這場賽事要不要放水，有些球員在賽前，也會自己跑到投注站下注，賭自己這一隊贏。等到上場時，發現這一場要放水，心裡當然不甘願。於是，有些球員在比賽一開始時，就會發飆，瘋狂的搶分。

這個時候，盤口的人就會在外野看台外面施放煙火作爲警告，要球員不要玩得太過火。

所以，當煙火施放完畢之後，球賽往往就會出現大逆轉，原本陷入困境的球隊，突然如有神助，連續得分；而原本被看好鐵贏的那支隊伍，卻像吃錯了藥，演出失常，最後就輸掉了球賽。

這樣的情節，相當駭人聽聞。我查到這些內幕之後，發了一則稿子，報社把它登在一版頭條的位置，標題是：「到案球員：整個時報鷹球員 都收黑錢」。

對時報鷹來說，此時此刻看到這樣的報導，當然感覺是雪上加霜。聯合、中時兩家報社長年來就是處在對立的狀態，這一次，時報鷹出了事，聯合報系的火力又特別強大，時報自然認爲聯合報系故意在落井下石。可是，我坦白說，當時我報導那些內幕時，心裡頭可眞的沒想到兩大報之間的心結，也沒想過刊出那一則新聞之後，會引發這麼大的風波。

一版頭條的新聞見報後，時報鷹隊馬上召開記者會。一方面，當然要否定我的報導，而且揚言不排除到法院控告我；二方面，鷹隊也強調，他們一定會做好自律的工作，凡是打放水球而被檢調單位約談之後交保的球員，一律禁賽。但鷹隊絕不會解散，「就算戰到一兵一卒，時報鷹也永遠存在。」

時報鷹一定沒想到，「戰到一兵一卒」這句話，最後竟然一語成讖。

八十六年六月二十日，就在時報鷹隊剛剛拿下職棒八年上半球季冠軍之後沒幾天，檢調單位再度約談鷹隊的九名球員。在此之前，鷹隊已經有十人被約談過了，這也代表著，整個時報鷹隊裡，一共有十九人，都涉及簽賭案。整支球隊裡，除了尤伸評、張耀騰這兩名球員沒事之外，其餘的球員，甚至教練，最後都被約談、起訴。

僅剩兩名球員，果然眞是「一兵一卒」呀！

至此，時報鷹絕大部分的球員都被禁賽，鷹隊幾乎等於已經瓦解了。之後，中華職棒聯盟雖然從其他各球隊裡調出一些人手，轉撥給時報鷹，成立「二代鷹隊」，但職棒八年下半球季裡，鷹隊已無戰力可言，只能任人宰割。一個在上半球季中拿下冠軍的球隊，到了下半球季時卻只能敬陪末座，想來也令人唏噓。

案子繼續偵辦，爆出來的黑幕也愈來愈多。檢調單位查出，嘉義「蕭家班」的二當家，嘉義市農會理事長蕭登獅，竟然也涉入職棒簽賭案。

原來，蕭登獅與江泰權竟然是鄰居，他們又都是嘉義崇文國小家長會成員，雙方很早就認識了。有了這一層的關係，蕭登獅想要操作統一獅隊，就搭上了江泰權這條線。後來，江泰權又轉介了鄭百勝、郭進興和蕭登獅見面，雙方的關係就更穩固了。

不過，蕭登獅不只操作統一獅這一隊，他也想染指時報鷹。透過管道，鷹隊的郭建成、張正憲，也和蕭登獅之間有了聯絡管道。

有一次，蕭登獅到台北來，鄭百勝、江泰權到蕭登獅下榻的飯店看他，結果，卻看到時報鷹的郭建成也在場。另一次，鄭百勝、江泰權到嘉義蕭登獅的家裡，卻碰到了鷹隊的張正憲。不同隊的球員，竟然在這種場合碰到面，雙方都覺得很尷尬。

蕭登獅冒出頭，對檢調人員而言，是件好消息。因爲，原本在民氣可用的環境下，檢調單位大力偵辦職棒簽賭案，眾人都叫好。可是，這件案子辦到後來，大家卻覺得不對勁。仔細一想，咦？怎麼被辦的，都是球隊的人？不是說，這些球員是被黑道操控的嗎？爲什麼沒看到有哪幾位黑道大哥被辦到呢？這種辦案方式，不是捨本逐末，本末倒置嗎？

於是，檢調單位就鎖定蕭登獅全力追查。這段期間，陸續又有幾名黑道分子被點了名，但在檢調人員心中，最大尾的，還是蕭登獅。

不過，蕭登獅也有自己的情報網。他在八十五年九月間，就聽說自己被列入「治平專案」的對象，所以早就潛逃出境了。他在海外流亡了好幾個月之後，終於在八十六年五月六日，從東京飛往洛杉磯時，在洛城機場被美國移民局攔下。五月八日，蕭登獅被解送回國，隨即被送到綠島羈押。

好了，這下子，白道、黑道全都到齊了，職棒裡的壞分子應該被掃蕩乾淨，從此不再有任何弊端了吧？

但事實並非如此。八十六年八月二日晚上，爆發了三商虎隊球員被挾持的「慘案」。離譜的是，一年前的同一天，兄弟象隊的球員也曾被挾持過，吳復連還被打破頭。沒想到，一周年紀念日時，卻換上了三商虎的球員們遭殃。而且，涉嫌挾持球員的歹徒，竟然還是前一年的那幾個人，這麼巧的情節，大概連電影都拍不出來吧？

從這些訊息裡，我們也不難想像，存在於職棒界裡的黑霧，其實並沒有眞正的散去。

涉及職棒簽賭案的球員們，後來都分批被檢察官起訴。但是，接下來的官司，才是眞正的考驗。

涉案的球員們在律師的教導之下，在法院開庭時，都紛紛翻供，否認自己曾經收過黑錢，也不承認自己打過放水球。法官曾經當庭播放幾場有問題的球賽錄影帶，質問怎麼會出現投手一直故意投好球，守備球員一直暴傳、漏接，打擊手卻一直揮棒落空遭到三振出局，或是隨意揮棒遭到接殺或封殺等等反常的表現？球員的回答也很簡單，他們都堅稱，這是失誤，不是放水。法官要怎麼證明球員在說謊？好像也很難。

於是，職棒簽賭案從八十五年偵辦至今，始終無法結案。而這些受到禁賽處分的球員，在被迫離開職棒界之後，都只能自尋生路。我聽說，際遇比較好的球員，到一些鄉下的國小當體育老師，教小朋友們打棒球；命運比較差的球員們，有的去賣魯肉飯，有的去當卡車司機助手。總之，下場都很慘。

這其中，曾經被收押的江泰權、鄭百勝及郭建成三個人，後來的運氣算是最好的了。八十九年九月，江泰權到了大陸，擔任天津棒球隊的客座教練，不久之後，他把鄭百勝及郭建成也拉到大陸去，一個擔任打擊教練、一個擔任投手教練。天津隊在這三名昔日的職棒金牌球員的教導下，竟然在短短的時間內，就拿下了中國全運會的金牌。江泰權也因此而被大陸聘為國家隊的技術總監。但即使如此，始終懸而未決的職棒簽賭案，在他們的心中，仍然是揮之不去的陰影。

職棒簽賭案爆發之後，球場上的球迷人數，由每場上萬人，一下子掉到每場幾百人。最慘的時候，甚至出現一場球只有幾十名觀眾的窘境。

由那魯灣公司所組成的台灣大聯盟，雖然在職棒簽賭案爆發時趁亂而起，不過，也沒能贏得更多的票房。兩大聯盟相互攻擊，結果只是讓球迷流失的速度更快。

七年之後，台灣大聯盟終於體認到時不我予，同意與中華職棒聯盟合併。但是，合併後的中華大聯盟，能夠重振昔日的雄風嗎?能夠讓熱情已死的球迷們再回到球場嗎?這問題的答案，或許就如同職棒簽賭案最後的判決結果一樣，誰也料不準。

阿達新聞檔案之

許振澐檔案

民國九十二年元月八日，最高法院駁回上訴，把發生在八十三年初的第十三屆桃園縣議會議長賄選案判決定讞。當年選上議長的許振澐，被判刑兩年，褫奪公權三年，其餘的二十三名被起訴的議員中，除了李鎭楠改判無罪之外，二十二人被判有罪。這其中，有十六名議員被判緩刑三年，五名議員被判刑六個月以下，得易科罰金，僅邱垂鏡一人被判刑一年八個月，褫奪公權兩年，必須入獄服刑。

這件案子一拖九年，大家都很好奇，爲什麼這場官司會拖得這麼久？這故事，要從「電動玩具」說起。

八十年代初期，桃園地區是個電動玩具業盛行的地方，走在大街小巷，三步一小間、五步一大間，處處都可以看到各式各樣林立的賭博性電動玩具機台。七十九年當選第十二屆桃園縣議會議長的吳振寰，本身就是個電動玩具業的大股東，而擔任桃園市代表會主席的許振澐，則是另一派電玩業者的龍頭。

由於桃園的電玩業者太過猖獗，到了不處理都不行的地步，當時的桃園地檢署檢察長林偕得，乃指示檢察官侯寬仁、薛維平等人，務必要把這些電玩業都掃蕩乾淨。

在大舉掃蕩之下，吳振寰、許振澐等人，都被檢察官依刑法第兩百六十七條「常業賭博罪」提起公訴。

民國八十三年元月，吳振寰、許振澐雙雙參選桃園縣議員，結果也都當選。吳振寰有心連任議長，但許振澐想要取而代之，雙方開始暗自較勁。

元月三十一日，許振澐帶了一組新當選的議員們到台南安平古堡、高雄佛光山、旗津、基隆、台中、嘉義等地旅遊。他們白天遊山玩水，晚上則是飲酒作樂。這些新科議員們，如果身上盤纏短缺，還可隨時向許振澐支領零用金花用。二月中旬，許振澐再帶著這一團新科議員們出國，到印尼峇里島旅遊。

另一方面，吳振寰也沒閒著，他積極拉攏議會裡頭「議長派」的這批議員們，同樣也招待他們在國內外旅遊。

其實，任何人都可以看出，招待旅遊根本只是個晃子。議員願不願意投票給某位議長候選人，絕對不是一、兩次的旅遊招待，就能左右的。事實上，當一團人集體出游時，他們關在小房間裡頭，大家竊竊私語，相互交換條件，對買票的價碼討價還價，這才是眞的重頭戲。

這些利益交換，爲什麼要選擇在荒山野地，或者說，要選擇在名山勝水的地方進行？何不在議員們自己的家裡或辦公室裡談談就好了呢？原來，檢調單位爲了全力追查各縣市議會正副議長賄選案，早就已經把這些議員們的電話全都上線監聽了。爲了避免隔牆有耳，最好的方法當然是跑得遠遠的，跑到一個檢調單位監控不到的地方去談條件，才不會露了餡。

後來，這些議員們大概也覺得在國內談條件，還是不太安全，所以乾脆就更進一步，直接跑到風光明媚的峇里島去。任憑檢調單位再有通天的本領，總不可能也追到國外去查案吧？

對於議員們玩的這些把戲，檢調人員不是不知道，可是卻苦無對策。幾經協商研究後，最高檢察署檢察總長陳涵想到了一個點子。他認爲，就算沒有辦法直接查到議長候選人向議員買票的證據，但如果能夠證明這些議員旅遊的費用，是由議長參選人支付，那麼，這不就同樣可以認定議員們曾經接受過「不正利益」嗎？接受了不正利益，而對於給付利益之人，許以一定之承諾，例如保證在議長選舉時一定投票給他，這行爲，就構成了法律上所說的「對價關係」，也就構成了刑法投票行賄罪和投票受賄罪了。

辦案人員很興奮，覺得有了這樣的解釋，一定可以把案子辦成功。

三月一日，桃園縣議會正副議長改選，國民黨提名，有心競選連任的老議長吳振寰慘遭滑鐵盧，而許振澐則獲得二十五票，當選第十三屆議長。

選舉結束，檢調單位馬上展開偵辦行動，主辦的兩位檢察官仍是侯寬仁和薛維平。辦案方向只鎖定一個焦點，就是「招待旅遊」。

不過，偵辦工作一開始時並不順利。爲許振澐這一團人代辦出國手續的旅行社，被檢調人員連續搜索兩次，可是卻搜不到什麼有力的證據。

被約談的議員們，異口同聲的說，他們出國的旅費，全部都是自理，許振澐根本沒有招待他們。旅行社方面也提出了議員們的繳款證明，表示這些議員都是自費出國，與賄選毫無關係。

檢調人員當然知道他們是在鬼扯，可是，除非能夠搜出強而有力的證據，要不然，如何能夠拆穿他們的謊言呢？

案情一度陷入膠著。

有一天下午，檢察長林偕得到了檢察官薛維平的辦公室。他跟薛維平說，之前，侯寬仁檢察官已經到旅行社搜了兩次，可是一無所獲。他希望最好能再去旅行社搜一次，不過，這次，他想要換薛維平去看看，說不定能換個手氣。

檢察官領命，帶領了一群調查員直奔旅行社，展開了第三度的搜索。

這次的搜索，當然還是沒有什麼重大突破。事實上，旅行社老闆對於檢調人員三番兩次前來搜索，已經覺得相當不耐。薛維平見狀，也不作聲，他要老闆把旅行社裡所有的存摺都交出來，老闆搞不清楚檢察官的用意，乖乖照辦。薛維平一本一本、一頁一頁的翻著這些存摺，結果，在其中一本存摺的內頁中，發現了一筆爲數一百多萬元的入帳紀錄。薛維平定神一看，這筆錢進來的時間，剛好就在一月底、二月初，也就是這些議員們到峇里島旅遊之前沒幾天。

他強烈懷疑，這筆款子就是旅遊的團費。如果能夠查出，這些錢是誰存到旅行社來，那不就等於破案了嗎？

薛維平馬上把旅行社老闆找來，指著存摺上的這筆款項，問他是怎麼回事？

老闆一看，臉色馬上大變。但他還試圖振作。老闆解釋，這錢，是他和朋友之間的「會仔錢」，不是招待議員出國旅遊的團費。

檢察官也不急，他問：「是誰給的會錢？」

老闆眼睛一轉，說了一個女人的名字。

這名字並不特殊，聽在一般人耳中，可能沒有任何意義，但薛維平一聽，馬上跳起來。原來，老闆口中所說的那名女人，竟然就是許振澐的太太。

旅行社老闆一定在想，任憑你檢察官有再大的本事，你最多也只知道新科議長許振澐是誰，怎麼可能知道人家的太太叫什麼名字呢？他萬萬沒想到，前一年，薛維平剛好在辦許振澐的電玩案，透過戶籍資料查詢，許振澐一家上上下下的底細，早就牢記在薛維平的腦海中了。

薛維平臉色一沉，質問旅行社老闆：「人家是議長夫人，怎麼可能跟你搭會？」

老闆心慌，馬上推說：「不是跟我，是跟我老婆。」

薛維平立刻叫了兩名調查員，把旅行社老闆和老闆娘分別帶到兩間不同的房間裡訊問，要他們說明這筆錢是從何而來的。訊問結束，檢察官一看兩個人的筆錄，完全對不上，顯然是在說謊。

這招隔離訊問的技巧果然有用，旅行社老闆只好和盤托出，承認這錢的確是許振澐拿來招待議員們出國旅遊的費用。

有了這麼重大的突破，辦案人員再接再厲。他們聽說，二月間，這些議員出國旅遊時，許振澐的小舅子也隨行，他的角色也很可疑。可是，調查局人員找了半天，都找不到這個小舅子的下落。

有一天，檢察官在辦公室裡翻資料，他看到許振澐小舅子的戶籍地址，剛巧就在桃園地檢署旁邊。他心想，不如今天就去看看，說不定就讓他碰到人了。

在幾名調查員的陪同下，檢察官到了這戶人家門口，按了門鈴。應門的是一對中年夫婦，檢察官說明來意，並且問他們，許振澐的小舅子有沒有住在這兒？

這對夫婦的頭搖得像波浪鼓似的，他們都堅稱，從沒聽過檢察官說的那個名字，那人，也根本不可能住在他們家。

檢察官心中起疑，卻不作聲。他很客氣的要求，希望能進到屋內看看，中年夫婦答應了。幾名調查員進了屋內，到各房間查看，檢察官則坐在客廳，等候調查員回報。

也是賊星該敗。就在枯坐等待時，檢察官突然看到電話旁有一本小小的電話通訊錄，他隨手拿起翻閱，結果，一個熟悉的名字突然映入眼簾。

他招招手，把屋主叫來，指著通訊錄上的那個名字，問他：「你不是說，你根本不認識他嗎？怎麼他的名字會出現在你的通訊錄裡？」

這下子尷尬了。

屋主無法抵賴，只好承認。他說，許振澐的小舅子的確寄籍在他家裡，但人卻從來沒住過這兒。他不知道小舅子住在哪兒，想要聯絡時，就靠電話聯繫。

有了電話號碼，就能查到地址。

回到辦公室後，檢察官馬上打電話給電信局，要求在最短時間內查出這個電話號碼的裝機地點。地址一到手，檢察官再次帶著調查員出擊。

這一次，果然直達老巢。

許振澐的小舅子應該已經聽到風聲，知道檢調人員馬上就要上門，他怕被抓，所以飛快的逃離現場。由於逃得太快，他竟然把一只重要的手提袋遺留在屋內。

這只手提袋端端正正的放在屋內，好像等著檢調人員前來翻閱。檢察官打開手提袋，翻出裡面的一本筆記本，上面寫得清清楚楚，幾月幾日，某某議員支領零用金多少萬元；幾月幾日，支付某某議員某某費用多少萬元。這是一本不折不扣的帳簿。至此，許振澐招待議員出國旅遊，而且還給付這些議員零用金等等事證，已經相當明確。

三月十九日，也就是議長選舉後的第十九天，桃園地檢署率先偵查終結，把許振澐在內的一干議員們都提起了公訴，消息傳出，轟動全國。

許振澐被起訴後，他仍然不爲所動。因爲，他知道這場官司還有得打。事實的確如此。桃園地方法院一審判決，許振澐涉及投票行賄罪，判處他有期徒刑兩年六個月。許振澐當然馬上就提出了上訴。他原本想慢慢打這場官司，可是沒想到，他另外涉及的電玩案的賭博官司很快就判決定讞了。他被判處有期徒刑十個月。

許振澐不願意坐牢，唯一的辦法就是逃亡。

令人難以置信的，許振澐雖然涉及重大賄選案，又是賭博性電玩案的被告，但他竟然沒有被法院限制出境。於是，他大搖大擺的跑到中國大陸，而且一待就是七年多。

他在政壇的對手，前任議長吳振寰，運氣就沒他那麼好了。

吳振寰同樣涉及賄選案，在許振澐之後不久，也接著被檢察官起訴。他所涉及的電玩案，也被判刑十個月確定。

吳振寰沒有出國。他不像許振澐一樣，爲了躲掉牢獄之災，願意隻身走天涯。但他也沒有被關起來。他依然每天老神在在的待在家裡，即使被通緝，他也無所謂。他不去報到服刑，警察也不抓他。這種詭異的現象，透露出地方勢力的可怕。

八十五年底，桃園地區爆發駭人的縣長官邸血案，縣長劉邦友被殺手槍殺在官邸之中。爆出了這麼重大的案件之後，刑事警察局馬上進駐桃園展開調查。

說巧不巧，就在刑事局全面清查線索之際，突然有一個線報傳來，暗指前任議長吳振寰可能和劉邦友的命案有關。

警方當然不能放過任何一條線索。於是，馬上派人把端坐在家中的吳振寰請來一談。經過調查，吳振寰的確與劉邦友命案毫無關聯。可是，在刑事局的電腦資料中，警方卻發現，吳振寰竟然是個通緝犯。於是，在偵訊結束後，警方二話不說，直接把吳振寰移送到地檢署偵訊，隨後送入大牢。

吳振寰作夢也沒有想到，他竟然會在這種情況下入獄。他原本想，以他曾任議長的勢力，他只要不離開桃園地區，就沒有警察敢動他，他即使不逃，也不可能坐牢。但人算不如天算，沒想到，他竟然會栽在劉邦友的手裡。

許振澐比吳振寰聰明得多。他知道只要自己能夠躲到行刑權時效消滅之後，他就不必入獄服刑。而依據刑法第八十四條的規定，被判刑一年以下之人，行刑權爲五年，如果被通緝，時效還要再加上四分之一，即一年三個月。換句話說，如果他能夠撐上六年三個月，那麼，他就可以大搖大擺的回國，不必吃上牢飯。所以，他一口氣就在大陸躲了七年多，等到賭博案的行刑時效消滅，確定自己不必入獄服刑後，才在九十一年五月八日，搭乘華航六〇二次班機返國。

許振澐回國後，司法機關查出，他所涉及的賭博罪，的確因爲行刑權時效已經消滅，而無須服刑，但他所涉的賄選案尚未審結，而且高等法院還在通緝他，所以把他解送歸案。

出奇的，面對這一位逃亡海外多年的通緝犯，法院竟然沒有下令收押他。

說實話，依我自己跑司法的經驗，高等法院的作法的確有可議之處。按照刑事訴訟法第三百零六條的規定，刑事案件在一審法院審理時，除非法院認爲被告應該被判處拘役、罰金、免刑或無罪，可以在被告缺席的情況下逕行判決外，只要被告有被判處有期徒刑的可能，法院都不能以「一造缺席判決」的方式宣判。這樣的立法目的，自然是爲了保障被告的答辯權利。可是，不能一造判決的規定，僅限一審，到了二、三審時，就沒有這樣的規定了。因爲，被告已經在一審時完成了相關的答辯，到了二、三審時，他如果自己願意放棄答辯的機會，法院也不必爲他操心，就可以逕行宣判了。不過，在許振澐涉及的賄選案中，我們看到法院的處理程序卻與一般案件大不相同。

許振澐明明已經在一審完成了答辯的工作，而且也被判處了兩年六個月徒刑，到了二審時，他就算逃亡海外不出庭，法院也可以逕行宣判。但法官卻不循此途，反而下令通緝，讓案子卡在高院一拖七年不判。許振澐回國投案後，法院對於這樣的一個通緝犯，不但沒下令羈押，而且也沒有限制出境。對於許振澐，法院的作法可眞是寬大呀！

許振澐回國後不到一個月，家族就發生了一件不幸的事。

這年六月四日早上七點多，許振澐的堂叔許新化突然被人從家中帶走，兩個小時後，家人接到勒索三百八十萬元的電話，之後，許新化就此下落不明。六月十九日，警方在桃園縣龜山鄉大坑村的樹林內，發現一堆白骨，清查後確認是許新化的屍體。經深入調查後，逮到了菜販李超武和雞鴨屠宰業者黃清良等人，他們供稱，許新化因爲積欠賭債不還，被叫出去談判後一言不和，才會被他們殺害棄屍。發生如此慘事，許振澐的心情自然相當沉重。

九十二年元月八日，他的賄選案判決確定了。這次，他被判兩年徒刑。退無可退，他只能入獄服刑。

一件案子拖了十年，有罪的還是有罪，只不過，刑罰實施的時間拖得太久了。若說，許振澐的案子判決定讞，是所謂的「司法正義獲得彰顯」，那麼，這種「彰顯」會不會遲到得太過了頭？

阿達新聞檔案之

賄選檔案

九十二年元月九日的報紙，不約而同的都花了大篇幅的版面，刊出一則新聞，標題是「桃園縣前議長許振澐賄選案定讞」。

對絕大多數的讀者來說，這只不過是眾多新聞中的一則。若說，它還有什麼更高的附加效益，大概也只是成爲眾人茶餘飯後閒嗑牙的話題之一吧！但對我而言，這不只是一則新聞，在這則新聞的背後，隱藏著許許多多曲曲折折的故事，值得一提。

這故事，要拉長一點來講。先從台灣高等法院花蓮分院的一起賄選案判決談起。

八十七年，我還在跑司法新聞時，意外的看到一件賄選案的判決書。承審台東縣議會副議長尤憲榮選舉賄選案的「天才法官」，竟然在判決書中寫下了這樣的幾句話：「賄選幾成吾國選舉文化之一，可責性不大。」因此，把尤憲榮判處緩刑定讞。

這項判決，隔天馬上成爲報紙的焦點。

這位法官很誠實，他把現實情況中的賄選生態描述得一針見血。可是，愈是眞實的話，就愈不中聽。法官把涉及賄選案的被告判處緩刑，還聲稱「賄選幾成吾國文化之一」，這等於表明，司法對於長期以來充斥在政壇的賄選亂象，根本是無能爲力，既然不能假裝視若無睹，那麼只好把它視爲正常。

這樣的判決，當然很傷害人民情感。不過，司法機關對於賄選歪風，眞的是無能爲力。這話，可不是亂說，我當然能夠舉出實例。

民國七十一年，調查局曾經大張旗鼓的辦了一次賄選案。當年，被查到涉及賄選的，是台北縣議會的議長陳萬富。

七十一年三月一日，陳萬富當選台北縣議員。十天後，他就因為有心角逐議長寶座，涉嫌向多名議員買票，而被調查局約談。據檢調單位當時所獲得的情報顯示，買票的前金是二十萬元，如果他當選了，還有後謝。

在那個年代，二十萬元可不是一筆小數目。陳萬富如此大張旗鼓的買票，自然驚動了司法機關。

陳萬富在檢調單位的霹靂行動中被約談到案，隨後被移送到地檢署收押四十一天。這件案子，一審、二審都判決他有罪，刑期為一年六個月。陳萬富不服，提起上訴，法院愈判愈輕，更一審時改判為一年兩個月，更二審時再改判為八個月，最後，則是以無罪定讞。這也印證了台灣傳統的一句老話：「一審重判，二審減半，三審豬腳麵線。」

陳萬富是一當選議長之後，就被檢察官收押，之後雖然獲得交保，但仍官司纏身。為了專心打官司，陳萬富耐著性子，向縣議會請了長假。直到三年一個月後，陳萬富才銷假，正式執行議長職務。四年任期裡，陳萬富等於只做了十一個月的議長。

陳萬富當年被辦，輿論並沒有大肆炒作。事實上，早年的台灣政壇，賄選之風時有所聞。議員選舉，要買票；立委選舉，也要買票；國代選舉，依然要買票；縣市長選舉，更要買票。但這類型的賄選，都還算是小意思，眞正的大場面，要看議會、立法院的龍頭之爭。再者，監察委員的選舉，那更是賄選傳聞滿天飛了。

「監察委員選舉也要買票？」現在說這樣的話，一定很多人不信。但要知道，早年的監察委員產生方式，可和現在大不相同。

依照憲法第九十一條規定：「監察院設監察委員，由各省、市議會，蒙古、西藏地方議會及華僑團體選舉之。」從條文中可以看出，監察委員主要的產生方式，是由省、市議會議員選舉產生。

換句話說，有權選舉監察委員的人，不過就是省議會的省議員，以及直轄市議會的市議員。算來算去，這些議員的人數並不多，也相當好掌握。也因此，有心角逐監察委員的人，自然對這些省、市議員們無所不用其極了。

說來諷刺，監察委員的地位，就如同古代的御史大夫，負有對所有官員們行使彈劾、糾舉之權，理論上應該是最清廉、道德操守最佳才是。但是，因爲有著這種詭異的選舉制度，導致想要選上監察委員的人，都不得不花上大筆銀子買票。於是，監察院裡，金牛充斥，一遇到重大或敏感性的案子，監委們就畫地自限，不敢調查。久而久之，監察院就被人譏爲「蚊子院」，意思是說，監察委員們都只敢打蒼蠅，不敢打老虎。

民國七十七年間，就發生了一件令人匪夷所思的案子。

當年，高雄市政府在興建市政大樓時，被人檢舉其中涉有弊端。案子查到後來，矛頭都指向當時的高雄市長蘇南成。而監察院在此時也介入調查。可是，監察院查了半天，等到要彈劾蘇南成時，大夥兒一投票，卻否決了彈劾案。當時擔任高雄市議員的陳光復大怒，認爲監察院已死，於是印了一張訃聞，還組成了一個「監察院治喪委員會」，並且到監察院門口集會，聲稱是要爲監察院送終。

本來說，陳光復這樣直接挑戰、羞辱監察院，監委諸公們應該覺得羞慚才是。沒想到，陳光復後來卻被檢察官下令收押十七天，還被依違反集會遊行法、侮辱公署及僞造文書罪起訴。

高雄市政大樓弊案最後的結局是怎樣呢？這件曾經轟動南台灣的重大弊案，到頭來沒有任何一個人被判有罪。而路見不平，到監察院前抗議的陳光復，卻因此而吃上牢飯，在監獄裡蹲了七個半月後才獲釋出獄。

可以這麼說，當年監察委員的行徑，眞的是到了「人不要臉，連鬼都怕」的地步。

幸好，這樣的亂象，在歷次修憲後，把監察委員的產生方式，由選舉改爲由總統提名，並經國民大會同意任命後，終於杜絕。

民國八十九年四月，第五度修憲，國民大會被修成虛級化，監察委員的產生方式再變，提名權仍在總統手上，但同意權由立法院行使。此後，就再也沒聽過選個監委要花上幾百萬，甚至幾千萬的傳聞了。

前面說過，以前的選舉，幾乎次次都有買票傳聞，不過，檢調單位卻像是個瞎子，完全視若無睹。民國七十一年那次，眼看著台北縣議長賄選案好像要辦成了，沒想到最後仍是無罪定讞，檢調人員白忙半天，最終卻是一場誤會。此後，連續十年，就再也沒聽過司法單位辦過像樣的賄選案了。

民國八十一年五月十八日，檢察機關的龍頭——最高檢察署檢察總長換人，由司法界中素有「小諸葛」之稱的陳涵繼任。陳涵極思有所作爲，希望一改大家的印象，不要再把最高檢察署看成是個「養老院」。他發下豪語，聲稱在他的領導下，最高檢察署每年要辦幾件大案子。

這年年底，適逢第二屆立法委員選舉。最高檢察署於是成立「端正選風督導會報」，統合各地檢調單位戰力，準備展開查察賄選工作。同時，最高檢察署也提出高達一千萬元的檢舉獎金，陳涵說，誰能提供線索，讓檢調人員偵破賄選案，誰就能夠領走這筆獎金。他希望，在「重賞必有勇夫」的效應下，能讓賄選案的查辦工作順利進行。

爲了凸顯他的決心，從十月初開始，陳涵就開始下鄉，到各地視導，並和當地的辦案人員交換查緝賄選的心得。不過，陳涵萬萬沒想到，這次下鄉的所得到的反應，卻是出奇的冷淡。

陳涵事後接受我的訪採時透露，有一個地檢署的檢察官就很坦白的告訴他，賄選不但抓不完，而且也抓不到。這位檢察官認為，除非辦案人員在第一時間，在買票的現場來個人贓俱獲，否則，幾乎找不到證據。檢察官還說，檢察機關雖然每逢選舉時，就成立檢舉賄選專線電話，但緩不濟急，每次辦案人員接到線報，再趕到案發現場時，賄選人員早就已經逃逸無蹤了。

但是，陳涵還是堅持要辦。

各地檢察機關在他的推動下，這一次的賄選案辦得有模有樣。設在各地檢察署的檢舉賄選專線電話，幾乎每天都有人打進來，檢調人員也四出查案，一時轟轟烈烈，社會各界也都抱以熱烈期待。

不過，這次的賄選查察工作，仍是雷聲大、雨點小。

到了年底，最高檢察署統計，有三百多件的賄選檢舉案進來，可是，真的能沾上邊的案子，只有十幾二十來件。更慘的是，賄選案還沒辦完，花蓮地區又爆發出作票案。參選立委的黃信介，硬是被人活生生的把票作掉，明明該選上的，卻竟然落選。

作票案爆發後，政府單位當然覺得顏面無光。

早年，每逢選舉開票時，就會發生投開票所停電的離奇事件，內行人都知道，停電的這段時間，就是作票的最好時機。沒想到，到了八十二年初，竟然還有作票的事件發生，而且被作掉的，還是民進黨的大老黃信介。這下子可不得了，檢調單位只好硬著頭皮展開偵辦行動。

這段時間，檢調單位的士氣簡直是跌到了谷底。

我們常說，「高手一出手，便知有沒有。」以前，檢調單位還沒有大張旗鼓的偵辦賄選案時，賄選就像是種習俗，在社會底層悄悄的運作著。沒人碰它，沒人挖它，大夥兒也都相安無事。可是，這兩年來，陳涵高舉著查察賄選的大旗，但卻辦不出什麼像樣的案子來，這下子，檢調人員等於被人看破了手腳，想要賄選的人就更加有恃無恐了。

這種沉悶的氣氛，到了八十二年底，終於有了轉變。

這一年年中，新任法務部長上任。原本在陸委會擔任副主委的馬英九，被行政院長連戰調到法務部成爲新任部長。馬英九一上任，馬上列舉他的重大施政目標，這其中，肅貪、掃毒、查察賄選，都是他想要完成的重點工作。

八十二年底，全台各地舉行縣市長選舉；八十三年元月二十七日，又有縣市議員及鄉鎮市長選舉。短短兩個月，大型的基層選舉接二連三舉行。馬英九下令，這一次，查察賄選工作絕對不能虛應故事，一定要辦出個成果來。

選舉結束後，馬英九接著下令，查察賄選的專案小組不能解散。因爲，三月一日就要舉行縣市議會正副議長選舉。以往，哪次正副議長選舉不買票的？但檢調單位就是睜一眼、閉一眼。這一次，馬英九要求，一定要嚴格查察，要給社會一個交代。

馬英九還指示，不必顧慮任何政治因素，只要掌握住充分的事證，即使偵辦的對象是已經當選的正副議長，也要查辦到底。

這裡，要稍微說明一下相關的法律問題。偵辦議員選舉賄選案，以及正副議長賄選案，所依據的法律，其實並不相同。

依照公職人員選舉罷免法第八十九條規定：「對於候選人或具有候選人資格者，行求期約或交付賄賂或其他不正利益，而約其放棄競選或爲一定之競選活動者，處五年以下有期徒刑，併科新台幣六十萬元以上六百萬元以下罰金。」、「候選人或具有候選人資格者，要求期約或收受賄賂或其他不正利益，而許以放棄競選或爲一定之競選活動者，亦同。」這一部分所處罰的，也就是我們一般常說的「搓圓仔湯」行爲。

在同法第九十條之一，則規定了「對於有投票權之人，行求期約或交付賄賂或其他不正利益，而約其不行使投票權或爲一定之行使者，處五年以下有期徒刑，得併科新台幣四十萬元以上四百萬元以下罰金。」這條處罰的，是買票的人。

不過，正副議長選舉，卻不能以公職人員選舉罷免法規範。爲什麼呢？原來，在選罷法第二條明定，「本條所稱公職人員，指：一、中央公職人員：國民大會代表、立法院立法委員。二、地方公職人員：省（市）議會議員、縣（市）議會議員、鄉（鎮、市）民代表會代表、省（市）長、縣（市）長、鄉（鎮、市）長、村、里長。」注意到了嗎？議會的正副議長、立法院的正副院長選舉，都不包含在內。

那麼，如果要辦議長賄選案，要用什麼法條呢？幸好，刑法還有相關的規範。在刑法第一百四十三條中，有處罰投票受賄行爲的規定：「有投票權之人，要求期約或收受賄賂或其他不正當利益，而許以不行使其投票權或爲一定之行使者，處三年以下有期徒刑，得併科五千元以下罰金。」第一百四十四條，則規範了投票行賄行爲的處罰規定：「對於有投票權之人，行求期約或交付賄賂或其他不正利益，而約其不行使投票權或爲一定之行使者，處五年以下有期徒刑，得併科七千元以下罰金。」

講白話一點，選議員的時候買票，可以判五年以下有期徒刑。選上議員以後，如果在參選議長時買票，也可判處五年以下徒刑；如果議員賣票，則可以判處三年以下徒刑。

不過，要注意的是，在刑法第一百四十三條及一百四十四條，規範正副議長賄選的條文中，都有一句「有投票權之人」，這六個字其實大有玄機。

何謂「有投票權之人」？我們知道，只有議員有權選舉正副議長，所以，在正副議長選舉賄選案裡，有投票權之人，指的自然是新當選的議員。好了，問題就來了。如果指的是新當選的議員，那麼，是不是等於說，議員一定要到當選後，例如開完票確定當選，或是經過中央選舉委員會公告確認當選之後，他們收了買票錢，才算是賄選？議員選舉還沒結束前，有心參選議長的人，如果先給了這些議員候選人金錢，能算是賄選嗎？或者，這只能算是政治獻金呢？

最高法院在九十年七月召開刑事庭決議，討論這一個棘手的法律問題。最後作成決議，把「有投票權」的定義從寬解釋爲「至選舉日有投票權」。也就是說，即使議員還沒當選，但如果先收了錢，而且答應等到當選之後，一定會支持某人角逐正副議長，這樣的行爲，也可以構成賄選罪。這才解決了相關的法律爭議。

不過，這都是後話了。在偵辦正副議長賄選案之初，辦案人員可都不太清楚，未來相關的官司在纏訟時，會有這麼多的法律爭議。檢調人員只知道，在民氣可用，以及馬英九全力支持下，他們必須很快的交出一張漂亮的成績單。事實上，速度的確很快，不多久，好消息就傳出來了。

八十三年三月十九日，距離正副議長選舉結束才十九天，桃園地檢署就首先發難，把包括新科議長許振澐在內的二十四名桃園縣議員，以及七名樁腳，依投票行賄罪、投票受賄罪提起公訴。檢察官並對許振澐具體求刑三年，對其他三十名被告求刑一年以上。

接著，其他的地檢署也陸續傳出捷報。

到了五月六日，最高檢察署統計，全台地區一共有十八個縣市議會涉及賄選案，共起訴了三百六十九人。其中，被起訴的議長有十六人、副議長十三人、議員兩百六十三人，樁腳、白手套等七十七人。這個數據顯示的意義是，各縣市新當選的議員中，已有三分之一被起訴了。

面對如此豐碩的成果，馬英九大爲感動。

五月二十三日，馬英九在法務部召開查察賄選檢討會，他以「事在人爲」四個字，送給查賄有成的檢調人員。他很振奮的說，最新的統計資料顯示，到目前爲止，已經有三百九十八個人被起訴。他說：「歷史會記載，我們是貪污、賄選的終結者！」他還勉勵所有的辦案人員，不管以後查察賄選會遭遇到什麼樣的困難，大家都應該有大丈夫的精神，貧賤不移、富貴不淫、威武不屈。凡事，都是事在人爲。

可是，馬英九終究是高興得太早了。他這麼大規模的偵辦賄選案，很顯然的一定會得罪了當道。這段期間，馬英九的施政滿意度在內閣裡總是高居第一位，被他查辦的地方勢力，還不敢對他怎麼樣。可是，這股積怨總會爆發。

兩年之後，也就是八十五年的六月，內閣改組。在毫無預警的情況下，馬英九被拔除法務部長的職務，改調爲政務委員。一時，輿論大譁。但情勢比人強，馬英九最終還是得含淚交出部長的印信。

多年之後，再回顧當年的歷史。當我翻出發黃的剪報，看到馬英九當年意氣風發的說：「歷史會記載，我們是貪污、賄選的終結者！」我只覺得無奈。誰能想到，在舊勢力的反撲下，最後，被終結的，不是貪污、賄選，反而是馬英九自己呢？

這段如人飲水，冷暖自知的際遇，我想，馬英九的感受應該比我更深吧！

馬英九下台後，檢調單位就不再大規模的查辦賄選案件。直到九十一年十二月底，新當選的高雄市議員們，在二十五日行憲紀念日這一天，以二十五票選出了無黨籍的朱安雄、蔡松雄擔任正副議長，社會爲之側目。四天之後，也就是二十八日，檢調單位以前所未見的陣仗，一舉搜索了包括朱安雄在內的多名議員住家，連設在議會裡頭的議員辦公室也沒放過，並且把朱安雄逮捕下獄。這才重振了檢調單位查辦賄選的士氣。

高雄市議會正、副議長賄選案爆發了之後，全國輿論爲之大譁。在民氣可用的氣勢下，這一次，司法機關終於發揮了強勢作爲。

經過檢調單位追查，高雄市議會四十四名議員中，有三十四人後來被依投票受賄罪提起公訴。九十三年四月二十二日，高雄高分院完成二審判決，共計有十七名市議員被判決有罪確定，而之前被收押的議長朱安雄，在獲得交保之後也潛逃到大陸，成爲行政院發布的十大通緝要犯中的第一號欽犯，懸賞價碼高達一千萬元。

由於高雄市議會議員被判決有罪的人數超過全體議員總額的十分之三，依照地方制度法規定，必須全面補選，這也讓南台灣的政治生態起了重大的變化。

我也相信，經過司法單位這次雷厲風行的查辦行動之後，未來的選風應該會有所改善，賄選或許不至成爲「我國選舉文化之一」，乾淨選舉的夢想可能終會有實現的一天。

從八十三年初的縣市議會正副議長賄選案起算，到了九十三年中，檢調單位才又再次繳了一張比較像樣的成績單。可是，十年前那場賄選案，到如今還有很多件在纏訟當中，沒能定讞。而當年被起訴的那些議員們，不但已經幹滿任期，有人還一口氣做滿兩屆，想來實在諷刺。這十年來，正邪勢力不斷鬥法，如今終於開花結果。原來，查察賄選的路子竟那麼難走，要花上十年的生聚教訓，才能看到一點點的成果。

阿達新聞檔案之

榮星花園檔案

九十二年二月十七日上午，花蓮地檢署執行科來了兩位身分相當特別的人物，一位是剛剛辭掉立委職務的周伯倫，一位是已經淡出政壇多年的前台北市議員陳俊源。他們都因爲十四年前的榮星花園弊案被判刑確定，而不得不到地檢署報到。

這天中午，檢察官對他們做了簡短的人別訊問，確認他們的身分無誤後，隨即簽下指揮書，把他們交給法警，送上囚車，載至位於吉安鄉干城村三百號的花蓮監獄。當牢房的大門在周伯倫、陳俊源身後砰然一聲關上時，也意味著這兩人從此必須永久告別政壇。

說他們必須永久告別政壇，這話絕不誇張。因爲，根據公職人員選舉罷免法第三十四條第一項第二款的規定，「曾犯貪污罪，經判刑確定者，終身不得登記爲候選人。」所以，雖然周伯倫被判決六年徒刑，褫奪公權四年；陳俊源被判刑五年，褫奪公權三年四月，但即便服刑完畢，他們仍然一輩子都不能再參選。因爲，他們被判決的罪名，是貪污治罪條例中的圖利罪。這項判決，說得殘酷一點，等於是政治死刑。

那天晚上，我在家裡看著電視新聞，看到周伯倫、陳俊源兩人被押解上囚車的畫面，突然間，腦海裡又出現十四年前榮星案剛剛爆發時的景象。七十八年元月二十一日，他們也曾經歷過相似的遭遇，被囚車押解到台北看守所羈押。雖然，在八十一天之後，他們獲得交保，但當時，周伯倫、陳俊源可曾想過，有朝一日，他們還得再次回籠？而這一次的入獄，卻要宣告從此中斷他們的政治生命？如果，時間可以倒流，命運可以重來，周伯倫會否選擇收下那筆致命的一千六百萬元？

整個故事，要從台北市建國北路、民權東路口那片占地六公頃多的榮星花園說起。

這塊土地裡，有一半以上的面積，產權歸屬於榮星公司，其餘爲市有公地及九十一名地主所有的私人土地。民國七十六年，台北市審議民間公私團體申請投資興建公園案件專案小組三度審議，都通過榮星花園開發投資案，不料，到了七十七年五月二十日，台北市議會工務審查委員會卻對榮星花園開發案作出了四項附帶決議，反對榮星公司投資開發。主導這項決議的，是民進黨籍台北市議員陳勝宏。

當年，周伯倫才三十五歲，正是意氣風發之時。他是市議會工務審查委員會的召集人，而工務委員會裡的另一派，是以陳俊源爲龍頭的國民黨籍議員們。當時，周伯倫、陳俊源都支持陳勝宏的提案，榮星開發案也因此卡在市議會裡動彈不得。

榮星公司曾私下評估，榮星花園開發案如果通過，每一年可以獲得十億元以上的鉅額利潤。眼看著一切就將水到渠成，怎會想到半路殺出個程咬金，把整個開發案給卡住了。占有榮星公司百分之三十二點九五股權的僑福建設公司，自然更爲緊張。因爲，榮星開發案如果通不過，那麼，之前付出的成本等於白費。於是，僑福建設董事長黃週旋決定採取最直接，而且是最有效的方式來解決這項難題。

有錢能使鬼推磨。沒錯，最簡捷而有效的方式，就是砸錢。

七十七年五月三十日，和周伯倫談好條件後，黃週旋指派僑福建設財務經理高素美、會計藍明玲到台灣中小企業銀行士林分行，從黃週旋私人戶頭裡提領現金一千六百萬元，再搭車到台北市重慶南路華南銀行總行營業部，把這筆鉅款存到周伯倫的戶頭內。存完之後，周伯倫再打電話向銀行確認錢已經進了戶頭，於是當場在議會裡提案，把十天前才作成的四點附帶決議全數刪除。於是，榮星案解套，皆大歡喜。

一千六百萬元，當然不是只給周伯倫一個人獨享。事實上，依照黃週旋事後的說法，這筆錢，是拿來打點市議會工務委員會裡國民黨、民進黨兩大陣營的議員們。周伯倫拿了錢，他按規矩應該撥一半給陳俊源，然後由他們兩人分頭轉給同黨的議員們，不料，在六月二日那天，周伯倫卻只開了一張七百萬元的支票給陳俊源。

爲什麼會短了一百萬？是周伯倫自己暗槓了？還是另有隱情？外人就不得而知了。

原本，這事應該是神不知、鬼不覺的。沒想到，到了七十七年底，由民進黨人士所辦的《民進週刊》，卻爆出了這件事。雜誌裡頭寫得很含蓄，但大體來說，還是看得出文章直指榮星花園案有弊端。於是，民進黨籍台北市議員陳勝宏在議會裡就提出質詢。他說，根據他明察暗訪所得，發現僑福建設已經撒下了四千六百萬元行賄市府官員及市議會的議員們，以擺平榮星案，他強烈要求徹查。

陳勝宏的質詢，掀翻了蜂窩，報紙上也作了大幅的報導。市議會議長張建邦不能故作視而不見，他只好在十二月十九日通過決議，把榮星案移送給調查局調查。第二天，台北市長吳伯雄也批了公文，下令把全案交給調查局台北市調查處徹底偵辦。

七十八年元月十二日，調查局發動第一波約談行動，目標鎖定台北政府工務局公園路燈管理處園藝科科長姜欽錄、股長廖大鏞、技士張源成。他們三人在偵訊後雖然被飭回，但也被限制住居。

十六日，第二波約談行動展開，張源成再次被約談到案。此外，僑福建設董事長黃週旋、總經理蔡章能、財務經理高素美、顧問施焜松、前公園處處長馮汶波等人的辦公室和住家，都被搜索。除了黃週旋已經出國之外，其餘一干人等，都被帶回市調處偵訊。

第二天，檢察官下令收押馮汶波、施焜松、張源成三人，至於蔡章能、高素美則被交保候傳。

元月二十日，氣勢如虹的調查員再次出擊。這一次，約談和搜索的對象由市府官員改爲市議會的議員們。這一天，國民黨籍的市議員陳俊源、許文龍、周陳阿春、民進黨籍市議員周伯倫、王昆和、康水木等六個人都被約談到案，經過漏夜偵訊後，第二天全數都被移送到台北地檢處，檢察官也下令全部收押。

六個市議員被押起來，馬上轟動全國。巧合的是，這六個人裡，三個是民進黨籍，三個國民黨籍，這很難不令人聯想，檢調單位辦案時，是不是有考慮到黨派平衡，竟然連收押的人數都要相同。不過，辦案人員當然否認有作此考量。他們說，本來還要約談另外一位國民黨籍市議員陳政忠，但他已經提前出國了，否則，說不定收押的國民黨議員人數就比民進黨籍的多了一人。

就在元月二十日調查局約談市議員這天，由民進黨成員所辦的《新潮流雜誌》舉行復刊茶會，陳水扁意外現身於會場中。

爲什麼說陳水扁的出現是「意外」呢？

因爲，當時陳水扁並沒有擔任任何公職，他的身分是「律師」，他的妻子吳淑珍則是立法委員。從派系來說，這場聚會成員絕大多數是屬於新潮流系統的人士，而當時，陳水扁被歸類於美麗島系，他到新系的場子，自然引人矚目。

陳水扁在茶會中慷慨發言，他說：「民進黨人爭取公職，是要以公職爲工具，爭取進入體系進行改革。結果，竟然有人把公職當作是爭取私利的不法勾當。」他很激動的說：「不管是誰也好，師弟也好，都是我們要打倒的對象。」語畢，全場響起熱烈的掌聲。

陳水扁口中所說的「師弟」，指的就是周伯倫。

他這段話，等於是和周伯倫畫清了界線。

元月二十一日上午，在香港的黃週旋，突然發了一份親筆所寫的傳眞聲明給台北市調查處處長王廣生。這份極具有殺傷力的聲明是這麼寫的：「周伯倫與陳俊源確曾向本人以不破壞榮星花園投資案爲要脅，勒索新台幣壹仟陸佰萬元正，付款日期爲一九八八年五月三十日上午，一次現金交付。事後，因恐事發，乃以補訂水泥買賣合約，以掩事實。」

這份親筆函的出現，讓檢調單位大大的振奮。調查局馬上召開記者會，向我們公布黃週旋的傳眞函，還讓我們影印後送回報社刊登。

從現在的法治觀念來看，當年的調查局可眞是膽大妄爲呀！黃週旋的親筆函，當然屬於關鍵性的證據之一，按照偵查不公開的規矩，一般性的證據都不可以出示給外人看了，更何況是這麼重要的證據。而且，調查局不單是給我們這些記者看，竟然還讓我們影印，讓媒體大剌剌的刊載，這簡直是無法無天了。可是，在當年的環境裡，卻沒有人質疑調查局這種作法不對，相反的，每個人看到這些資料之後，都認爲這下子，周伯倫、陳俊源等一干被告，鐵定是在劫難逃了。

不過，從另一個層面來說，調查局之所以會如此大張旗鼓的召開記者會，公布黃週旋的親筆聲明，我想，最主要的目的應該是爲了加強國人的印象，讓大家都深信這些被收押的議員們個個都是貪得無厭的傢伙吧！

對刑事案件類型有些了解的人都知道，所有的案件裡，最難辦的就是貪污案。因爲，行賄和收賄的過程，絕對是在私密的環境中進行的。有所求，所以才有行賄的人。送了錢，打通了關節，行賄的人就能夠獲得更大的好處。從商人的角度而言，行賄，在某種程度上，是一種本小利大的投資，只要付出去的錢，能夠得到預期的回報，他們是不可能站出來揭發的；至於收賄的人，更不會傻到自承犯罪。也因此，給的人不說，拿的人不講，送與收之間，只有天知、地知、你知、我知，別人完全不知。既然外人不知，檢調單位又怎麼可能辦得出來呢？

講到這裡，一定會有人質疑，既然說行、收賄的案子很難辦，也不會有人說出去，那麼，黃週旋是哪根筋不對了？他怎麼會犯了大忌，把這種事說出來？

的確，這眞的很不合理。黃週旋付了錢，市議會也把原本阻礙榮星開發案的四點決議給刪了，理論上，黃週旋是不該把暗盤交易說出來才是。甚至，就算是檢調人員查上門，他也應該遵守道義，閉口不說。因爲，只要他一說，從此他在台灣的商界就不可能有立足的餘地，再也沒有人敢和他做生意了。

這其中，當然有內幕。

在黃週旋的身邊，有個人名叫鄒紓予。他原本是調查局台北市調查處的處長。七十七年七月，鄒紓予退休，黃週旋把他拉到僑福建設，給他一個副董事長的位子，還讓他擔任僑福船務公司董事長。榮星案爆發之後，黃週旋避走海外，躲到香港去了。但全案中，他是最關鍵之人，如果沒有他的供詞，榮星案一定辦不下去。調查局左思右想，想到了鄒紓予，於是透過管道找了他，要他飛到香港去游說黃週旋。這一招果然有用。

鄒紓予給了黃週旋台北市調查處處長辦公室的電話，讓黃週旋隔海和現任處長王廣生對了話而且錄了音，接著，鄒紓予又給了黃週旋調查局的傳眞電話號碼，讓黃週旋把親筆函傳到調查局去。一通電話，加上一份傳眞，這就坐實了周伯倫、陳俊源收賄的罪名。

其實，黃週旋和王廣生的電話交談內容，更具爆炸性。

根據調查局內部的電話譯文資料顯示，當時，黃週旋是這麼說的：「周伯倫與陳俊源代表兩黨總共八個人，每人最少要兩百萬元，總共一千六百萬，於七十七年五月三十日存入周伯倫華南銀行戶頭。後來有七、八百萬元轉入陳俊源戶頭。」「周伯倫說他分給陳勝宏、康水木等人，後來聽說陳勝宏沒拿到錢，所以才爆發，可以查查戶頭，看看錢給誰，我懷疑被周伯倫吃掉了。當時周伯倫說他負責把陳勝宏四個提案拿掉，這就是代表民進黨的部分。」「陳俊源代表國民黨，至於有哪些人，我也不知道。反正，是他們兩個人找我，負責把這個案子拿掉，後來我想這錢他們可能分給一、兩個人，其他的統統吃掉，最狡猾的就是陳俊源和周伯倫。」

農曆年後，調查局又發動了約談、搜索行動。

二月十五日，市府公園處處長謝牧州、副處長林進益、莊榮春、科長姜欽錄、股長廖大鏞被約談到案，第二天全數移送台北地檢處複訊。檢察官訊問後，下令把處長謝牧州收押，其餘四人交保。

市府一級主管被收押，這項消息再度轟動全國。

相關的被告都到齊了之後，檢察官開始密集開庭調查。每一次，檢察官提訊在押的市議員時，他們的律師也都趕到偵查庭爲被告們辯護。

這群律師中，最特別的一位是陳雪芬。她是陳俊源的妻子，而且，因爲她具有律師資格，所以她才能夠出庭爲陳俊源辯護。這些在押的議員們，都被檢察官下令禁止通信和接見，除了律師之外，他們不能和任何人會面。陳俊源多虧有一個當律師的老婆，所以比別人幸運，可以在牢裡看到太太，別人都沒有這種運氣。

三月三日那天，檢察官提訊這些市議員。陳雪芬披上律師袍，走進偵查庭裡大聲喊冤，不過，檢察官不爲所動。偵訊完畢後，檢察官下令把議員們還押，陳雪芬聽到了之後，忍不住當場放聲大哭。

可能是因爲情緒太激動了，當她哭著走出偵查庭時，突然身形一軟，就這麼倒下去。當時，我正站在偵查庭外準備採訪，看到陳雪芬忽然昏倒，我馬上趨前扶住她。陳雪芬休息了一會兒之後，心情漸漸平靜，緩緩的離開。

說句實話，在我扶著陳雪芬的那一瞬間，我只覺得她好無助、好脆弱。我怎麼樣也沒想到，幾年之後，當陳俊源淡出政壇時，陳雪芬會取而代之，成爲市議會裡一名非常強悍、問政犀利的議員。人的變化，眞是大呀！

七十八年三月十八日，台北地檢處宣布結案，總共有七名市議員、六名市府官員、四名商人被檢察官依受賄、圖利、洩密罪提起公訴。最特別的是，送錢打點市議員的黃週旋，並不在起訴的名單之列。檢察官在起訴書中還特別解釋，黃週旋是因爲早先在榮星開發案中已經投資了數億元的資金，如果不答應某些市議員的需索，將血本無歸，所以他才會在迫不得已的情況下致送鉅額賄款，「委屈求全」。因此，黃週旋是被害人，而非被告。

檢察官把被告們起訴了，但是卻不准他們交保。台北地方法院接手之後，在押的被告仍然繼續羈押。這一押，卻押出問題了。

四月六日，台北地方法院首度開庭調查，這一天的庭訊內容，只能用「爆炸」和「混亂」來形容。

投下大型震撼彈的，是周伯倫。

一開庭時，周伯倫就率先發言。他不顧法官訊問的問題，逕自表示，他要揭發調查局的黑幕。

他說，榮星案最初被撤銷時，最難過的不是僑福建設，而是調查局。因爲，調查局前台北市調查處處長鄒紓予，是調查局前後任局長沈之岳、翁文維硬塞到僑福建設去的。把他塞過去的原因，是爲了需索榮星開發計畫百分之十的乾股。

周伯倫接著說，他被收押以後，調查局每次提訊他，都要他咬出同黨的議員來。他說，他不願意，結果，二月九日，也就是農曆大年初四那天，台北市調查處第四科科長翁祖焯、第三科科長陳長武、調查員石肇基把他提到調查處之後，就用XO洋酒灌他。灌了之後，覺得不夠，下午四點多，又把他帶到台北市延平北路的五月花酒家繼續灌，到了六點多，把他灌得不省人事之後，大家才一塊離開。事後，還叫他的朋友來付帳。

周伯倫唏哩嘩啦的說了一大堆，不單是法官，連在場的記者們全都傻了眼。這樣的說法，實在太匪夷所思了。

投下這枚炸彈之後，周伯倫可能還覺得不過癮，稍後，他又大鬧法庭。

這天傍晚六點十分，開庭即將結束時，法官下令把這群在押的被告們全部還押。坐在旁聽席的被告親友們一聽，頓時群情激動，一堆人突然高喊「政治迫害」，法庭秩序馬上大亂。

在審判席上的三位法官一看情形不對，立即起身離開。

周伯倫發現法官要開溜了，突然跳起來，一腳踩在被告席的坐椅上，一腳踩在記者席的桌子上大喊：「爲什麼不能交保？」眾親友們看到周伯倫這般勇猛，也跟著鼓譟。法警們可能也沒見過被告跳上桌的場面，在旁愣了好幾秒鐘，之後，才有如大夢初醒，衝上前去把周伯倫從桌子上拖下來。這場紛亂，也在被告們都被押走了之後，才逐漸平息。

庭訊結束之後，我們這批記者幾乎是要忙翻了。因爲，我們要查證周伯倫的說法是否屬實，不能僅靠他一個人信口胡謅，就提筆爲文。

我先打了電話到台北市調查處，找翁祖焯科長，問他是不是眞的曾經「灌酒取供」。在電話裡，翁祖焯一口否認。他講得義正辭嚴。

首先，他承認大年初四那天，台北市調查處的確曾經提訊周伯倫，但他否認灌周伯倫喝酒。他說，調查人員每一次訊問被告或嫌疑人時，都有律師在場，怎麼可能以不法方式取供？他還反問我，如果他灌了周伯倫XO，律師不會講話嗎？他還有些自嘲的說，或許有些人以爲調查局很有錢，以爲警方用灌水的方式逼供，調查局就用灌酒來取供。

這種說法很有道理，我一時難以反駁。不過，我轉念一想，又問他：「你之前認識周伯倫嗎？」

他的聲音停了幾秒鐘，之後緩緩的說：「是的，我認識他。我們之間已經認識好幾年了。」他告訴我，以前，他的確常和周伯倫一道兒吃飯、喝酒，雙方交情很好。榮星案爆發後，調查局要約談周伯倫，一開始，周伯倫還躲起來了，一直熬到半夜，發現躲不下去之後，周才打電話給他，要他陪著去應訊。所以，是他親自開車去接周伯倫，把周載到台北市調查處接受偵訊的。他很難過的說，怎麼樣也沒想到，如今周伯倫竟會反咬他一口，交到這種朋友，他覺得很遺憾。

翁祖焯還好心的指點我，可以向五月花酒家查證看看，或者，也可以問問檢察官。因爲，調查局借提人犯出來偵訊，最後，一定還要再交還給檢察官複訊，如果周伯倫有被灌酒，檢察官一定看得出來。

這番文情並茂又入情入理的說法，馬上博得我的信任。在電話裡，我除了安慰翁祖焯之外，也陪著他大罵周伯倫沒有道義。

不過，爲求慎重，我還是跑去問了檢察官。檢察官的頭搖得像波浪鼓，他說：「如果周伯倫被灌了酒，我一定聞得到酒味。但是當天晚上，周伯倫被送回來時，一切狀況都還很好，他也沒跟我說他被帶到外面去灌酒。」我的同事去問了五月花酒家，酒家老闆說，大年初四的確照常營業，但周伯倫並沒有來。老闆還說，酒家通常晚上七點半才開張，營業到凌晨打烊，「周議員說他下午來，那時我們還沒開門呢！」

另一方面，調查局也發布正式新聞稿，否認調查局曾打算在榮星開發案裡插乾股一事。一時之間，整件風波似乎就將澄清，我們這群涉世未深的記者們，也都把新聞的方向，指爲周伯倫爲求脫罪，而信口雌黃、誣攀他人。

但是，三天之後，更爆炸性的情形出現了。

四月九日，調查局發布最速件人事調整命令，原任台北市調查處第四科科長翁祖焯，即日起改調爲局本部肅貪處辦事。

聽到這個消息，我們嚇了一大跳。不是都沒事了嗎？周伯倫不是胡說八道嗎？怎麼會突然調動翁祖焯的職務呢？

我趕快查證，結果發現，不妙，周伯倫說的，竟然是眞的！

整件事發生的過程是這樣的。

原本，周伯倫的案子是由台北市調查處肅貪科偵辦，但是周伯倫堅不吐實。眼看無法突破周的心房，於是，辦案單位只好找周的舊識翁祖焯想辦法。

翁祖焯是世界新專畢業，民國六十二年考進調查局調查班第十一期，翌年受訓結束後，被分發到台北市調查處擔任調查員。

翁祖焯進調查局這段故事，後來引起不少小話。原來，調查局以前對外招考時，都限制應考人學歷一定要大學畢業以上，唯獨翁祖焯報考那年，招考簡章卻放寬應考學歷為「大專」。「大學」、「大專」一字之差，讓專科畢業的翁祖焯有了應考的資格。但第二年的招考簡章，卻又再把應考資格恢復爲「大學畢業」。所以有人懷疑，那一年調查局放寬招考學歷，就是特別爲翁祖焯量身訂做的。自然，這種小話不可能得到證實。

好吧！如果眞的是爲翁祖焯放寬窄門，理由又何在呢？他是如此不可多得的人才嗎？還是因爲他有什麼了不起的背景呢？

原來，翁祖焯要報考調查局那年，他的父親翁文維正好是調查局第三處的處長。第三處又稱偵防處，負責的業務是政治偵防及叛亂查緝，在戒嚴時期，是調查局最重要的一個處，權勢自然很大。翁祖焯考上調查局後，到台北市調查處第三科，也就是偵防科工作，換句話說，他老爸剛好是他的頂頭上司。這種巧到不能再巧的巧合，讓翁祖焯得以大力發揮所長，辦出不少件好案子。

十五年之後，他父親由第三處處長一路晉升爲主任祕書、副局長，最後當到局長，而翁祖焯也不遑多讓，由調查員升到專員、煙毒組組長，榮星案爆發之前不久，他又升任爲第四科，也就是犯罪調查科科長。在同期結訓的調查員裡，翁祖焯升遷的速度是最快的一人。

由於早年翁祖焯負責的都是政治偵防的業務，所以自然必須和當時的「黨外人士」建立起交情，周伯倫會與他相熟，不足爲奇。

榮星案發生之後，調查局一直無法讓周伯倫坦白認罪，就想到了運用翁祖焯的力量，看看能不能有所突破。

大年初四那天，調查局提訊周伯倫。原本，周伯倫以爲又是例行偵訊，感覺上有些灰頭土臉。不料，當他發現，推開偵訊室大門，走進來跟他打招呼的，竟是他的舊識翁祖焯時，他有些喜出望外。更令他開心的是，他看到翁祖焯手上拎著一瓶XO洋酒。

翁祖焯告訴他：「今天不偵訊了。大過年的，喝個春酒吧！」

不過，喝歸喝，筆錄還是得做一些。否則，晚上把周伯倫押還給檢察官時，如果什麼都沒有，那很難交代的。

周伯倫會意，他隨口說些無關痛癢的內容，讓一名坐在一旁的小調查員記了兩頁的筆錄交差。

筆錄做完之後，小調查員離開。翁祖焯和他就面對面坐在偵訊室裡對飲了起來。兩人一路喝到下午四點多，周伯倫有些酒意了，他很開心的起身，向翁祖焯鞠躬，口中還不斷的說：「眞感謝！眞感謝！」

翁祖焯打鐵趁熱，問周伯倫還想不想換個地方喝？被收押禁見那麼多天的周伯倫怎麼想得到會有這麼好的事，滿口答應。於是，翁祖焯叫來煙毒組的調查員石肇基，要他負責開車，帶著翁和周兩人殺到五月花酒家，在「第二十番」包廂裡喝了起來。

這個開車的調查員石肇基，也大有來頭。他的老爸，就是當時最高檢察處檢察長石明江。

想想看，這是一幅多麼詭異的畫面。最高檢察處檢察長的兒子充當司機，載著調查局局長的兒子，以及一名涉及貪污案的市議員，共同到酒家喝花酒。

周伯倫喝得興起，要求翁祖焯通融，讓他幾個老朋友也一起來狂歡，翁祖焯答應了，周伯倫就撥了電話，把他的律師葉大慧、日盛證券公司老闆陳士元、利陽實業總經理林金龍等人都找來了，大夥兒喝到晚上九點多才散場。

這場酒攤，結帳時一共是四萬多塊錢，帳單是由陳士元出面處理，沒花到翁祖焯或周伯倫半毛錢。

後來，我一直在想，他們這一群人在酒家喝酒時，究竟有沒有叫小姐進來陪酒？翁祖焯矢口否認，但從四萬多塊錢的酒帳推估，不找小姐陪酒應該不致於花掉這麼多錢才是。

周伯倫晚上九點多被解送回台北地檢處時，檢察官不可能聞不到周伯倫身上的酒味。但在那個時代，調查局本來就權大勢大，而且，這一天押解周伯倫回到地檢署的，又是調查局局長的公子，檢察官犯不著沒事找事，他乾脆就睜一眼閉一眼，簡單的複訊幾句後，下令把周伯倫還押。

直到現在，我還是對翁祖焯如此大膽的行徑，感到不可思議。

因爲，在調查局的每一間偵訊室裡，都安裝了攝影機，只要一開始偵訊，機器就自動啓動，全程錄音錄影。翁祖焯在調查局十五年，他不可能不知道偵訊室裡有這樣的機關，但他竟然還敢公然帶酒到偵訊室和周伯倫對飲，顯然相當誇張。

這還不算。酒酣耳熱之後，兩個人又到酒家喝酒，還讓周伯倫打電話，叫了一群朋友來同歡。周伯倫是一名被檢察官下令禁止通信、接見的被告，目的就是要把他與外界維持在一種全然隔離的環境下。一趟酒家行，這些禁制等於全都破功了。

翁祖焯作夢也沒有想到，他和周伯倫搏感情的這一段，會被周在法庭裡利用公開審理的機會給抖出來。

面對記者的查證，翁祖焯可以一口否認，但面對內部的調查，他卻沒有狡賴的餘地。特別是當調查局的督察把偵訊室錄影帶調出來看之後，眞相馬上大白。翁祖焯這個科長職務，也立即被拔掉。

發生這麼重大的事件，加上又有人按鈴控告翁祖焯涉嫌瀆職，台北地檢處只好分案調查。不過，查了幾個月之後，檢察官卻把全案不起訴處分。

我問檢察官理由，他告訴我：「法律從來沒有規定辦案人員不能帶著在押被告去喝花酒，所以，這種行爲超乎法律的規定，無法處罰！」

周伯倫爆料之後五天，也就是四月十一日，台北地方法院突然下令，同意讓榮星案十名在押的被告全部交保。這十個人被法警從土城看守所帶到台北地方法院之後，其中七人匆匆辦好了保釋手續，快速離開，但周伯倫、陳俊源、康水木卻不肯出去。

周伯倫說，他不能容忍被人家隨便關，偷偷放。除非台北市長吳伯雄代表國民黨僱轎子來抬，否則他絕不出去。他很憤怒的說，在偵訊期間，除了沒被刑求之外，他受盡了威迫利誘，這口氣怎麼嚥得下去？現在，他若不好好抗爭、反擊，給調查局一點難堪，他混身都不爽。

三名市議員不肯辦保，驚動了市議會。藍美津議員在議會裡要求延時開會，一群議員浩浩蕩蕩來到台北地方法院，苦口婆心勸他們打消主意，但周伯倫等人不爲所動。這一晚，他們又被送回看守所繼續羈押。

法官沒料到周伯倫會有這樣的反應。他很懊惱的說，不讓周伯倫交保，他跳到桌子上；眞讓他交保了，他卻又不肯出來。要怎麼做才對呢？

不過，周伯倫的抗爭也沒持續太久，意思到了也就好了。他們三人被送回看守所再蹲了一天，達到了宣傳效果之後，第二天也都辦妥了交保手續。

法官突兀的准許被告們交保，自然引起外界很多揣測。絕大多數人的看法都認爲，要不是周伯倫選在四月六日開庭時爆料，說不定他們還要再關下去。法官之所以會同意讓他們出來，就是怕周伯倫再抖出其他讓司法界受不了的醜聞。

當然，一如往昔，這樣的說法不可能得到證實。法官受訪時，仍是一派義正辭嚴，他強調，裁定交保完全是依法行事，絕對沒有受到任何壓力，也沒有任何政治因素的考量。至於事實是否如此，大概只有他心裡知道了。

四月十七日，自從榮星案爆發後就一直不在國內的市議員陳政忠，突然現身市議會。他的出現，讓不少人爲之側目。

因爲，和他一塊涉入榮星案的其他六名議員，都已經在看守所裡蹲了八十一天，他卻在國外逍遙。等到這些蹲苦窯的議員們都獲得交保後，他卻大搖大擺的回來。事到如今，在押被告已經全部交保，法官更不可能再把他抓來關，他等於一天苦日子也不必受。

有人懷疑，陳政忠事先得到高人指點，才會把出國、回國時間安排得如此巧妙。但陳政忠也否認。他強調，他不是一個投機取巧的人，他出國是爲了進修，絕不是爲了逃避司法偵查。至於聽者信不信，我想陳政忠也不會太關心了。

七月六日，台北地方法院作出一審判決。十七名被起訴的被告中，只有周伯倫、陳俊源和周陳阿春三名市議員被依受賄罪判決有罪，其餘十四名被告全部判決無罪。

這其中，周伯倫被判刑九年，褫奪公權六年；陳俊源被判八年，褫奪公權五年；周陳阿春判刑三年半，褫奪公權三年。

十七名被告只有三人被判有罪，這樣的定罪率實在太差了！更何況，其中還有七名無罪的被告之前曾被羈押，那豈不成了冤獄？

檢察官隨即表示不服，提出上訴。這一上訴，冗長的官司纏訟就此展開。

七十九年三月二日，台灣高等法院作出二審判決，無罪的被告由原本的十四個人，又增加了一人。這次獲得無罪判決的，是市議員周陳阿春。至於有罪的周伯倫、陳俊源，刑期也獲得縮減。其中，周判刑改爲八年，褫奪公權五年；陳判刑七年六個月，褫奪公權四年。

被告和檢察官又分頭上訴，最高法院審理後，把原判決撤銷，發回高院更審。

八十年二月十二日，高院更一審判決，周伯倫刑期再減成五年，褫奪公權三年四個月；陳俊源刑期減爲四年八個月，褫奪公權兩年八個月。之前被改判無罪的周陳阿春，這一次又被判有罪了，她被判刑兩年四個月，褫奪公權兩年。

再次上訴，最高法院也再次發回。

八十二年六月九日，高院更二審宣判，無罪的被告更多了。有罪的被告只剩周伯倫一人，他維持了有期徒刑五年，褫奪公權三年四個月的判決。

又上訴，最高法院又發回。

這一次，案子在二、三審法院之間拖了六年多。到了八十八年八月三日，高院才作出了更三審的判決。這一次，有罪的被告又變成兩人，周伯倫被判刑九年，褫奪公權六年；陳俊源判刑七年六月，褫奪公權五年。但因為他們的行為符合八十年減刑條例規定，所以周伯倫的刑期被減為六年徒刑、褫奪公權四年；陳俊源減刑為五年，褫奪公權三年四個月。而他們被控的罪名由原本的受賄罪改為圖利罪。

又經歷一次上訴、發回的循環，時間再拖了三年。

九十一年八月二十日，高院作出更四審判決，周伯倫、陳俊源維持更三審的刑期不變。他們兩人不服，再次上訴。

可是，這次上訴並沒有如以前一樣，獲得發回更審的待遇。

最高法院在九十二年元月二十九日，也就是距離周伯倫等人第一次被羈押後十四年又九天，終於作出了終審確定判決，周伯倫、陳俊源維持有罪判決，刑期和更三、更四審一樣。這場拖了十四年的司法大戲，終於落幕。

物換星移。在這十四年的司法纏訟期間，很多人、很多事都有了變化。

當年被起訴的七名議員中，許文龍、周陳阿春、康水木後來都退出政壇；王昆和把棒子交給女兒王雪峰，如今，王雪峰已是民進黨內一位非常出色的女立委；陳俊源的妻子陳雪芬在七十八年代夫出征參選市議員，順利當選，之後一路連任。九十年，陳雪芬轉戰立委，但不幸落敗，此後她宣布退出政壇，目前定居澳洲。而陳俊源本人則在八十年復出參選國代，但不被選民接受，他比陳雪芬更早退出政治圈。

而周伯倫卻不一樣，他在七十八年連任市議員之後，在八十一年換跑道參選立委，在無人看好的局面下，他吊車尾當選第二屆立委。之後，他一直連任，而且在政壇上愈來愈活躍。

陳水扁當選總統後，在總統府召集了一個「九人決策小組」的小組織，身爲民進黨立院黨團幹事長的周伯倫也是成員之一。在政壇，他的名字幾乎與「不死鳥」畫上等號。十四年後，周伯倫除了由當年一頭黑髮，變成滿頭白髮外，幾乎未變。但只有他自己知道，這十四年來，他心裡所受的煎熬，有多麼的深。

喔！我差點忘了還有一個人，陳政忠。

這一個從榮星案爆發後，始終沒被關過的市議員，一直維持他謹慎保守的心態，在台北市士林、北投區細心經營他的地盤，也繼續當他的市議員。其間，他曾經入主《自立晚報》，但因為經營不善，後來黯然退出。幾年前，他又因涉及幾件經濟犯罪案件被起訴，不過，案子還在拖著，不知會不會像榮星案一樣，又要再撐個十幾年才會宣判。

至於在前面我一直沒提到名字的那位承辦檢察官，他叫蔡宏修。偵辦榮星案時，他原本是台北地檢處的主任檢察官，後來，他申請改調至法院擔任法官。在他調升到士林地方法院擔任襄閱庭長任內，他被控涉及一件重大貪瀆弊案，這件官司最後雖然以無罪收場，可是，他卻被監察院彈劾，更被公懲會下令撤職，蔡宏修只好褪下法袍，轉任律師。但這一段過程，又是另一個檔案的故事了，我們日後有空再慢慢談吧！

阿達新聞檔案之

陸悌瑩檔案

跑司法新聞十來年，若說我從沒有寫錯新聞，那肯定是騙人的。可是，寫過再多次錯誤的新聞，都沒有以下我要談的這件事離譜。這起新聞事件，不但我的報導出了錯，而且，全國跑過這則新聞的記者也都出了錯。直到如今，只要提到這件新聞，提到女主角「陸悌瑩」三個字，恐怕還是會讓很多記者們恨得牙癢癢的。

最初，陸悌瑩這三個字，對我而言，並不具有任何意義，因爲，我根本不認識她。第一次聽到她的名字，是在八十四年九月初。其實，說「聽到」她的名字，這說法也不精確，應該說，是「看到」她的名字。那是在報紙上的一則半版廣告裡，她的名字「陸悌瑩」三個字大大的登在版面上。

八十五年三月，首屆總統直接民選。因此，在前一年，幾位有心角逐總統大位的政治人物，就已經開始起跑了。這其中，監察院院長陳履安是最受矚目的一位。

陳履安的政治實力，與當時其他的競選對手，如李登輝、林洋港、彭明敏比起來，相對是比較弱的。事實上，大多數的政治觀察家，或是跑政治新聞的記者們，也多半不看好陳履安。只不過，在當時的政壇上有所謂的「四公子」，陳履安剛好就是其一，而他的父親陳誠先生，也曾當過行政院長、副總統。政治世家出身的陳履安，在台灣的政壇上表現一向很好，他擔任監察院長之後，也頗受社會各界敬重，所以在國人心中，他一直享有很高的清譽。誰也沒想到，身爲國民黨員的他，會在總統大選時跳出來，和黨主席李登輝對決。

八十四年八月底，陳履安宣布參選總統，他召開了記者會，一方面，他宣布參選總統，二方面，他也表示，有某些支持他的企業家，曾受到情治單位的恐嚇和騷擾。不過，他不願意公布這些支持者的身分。

說到激動處，陳履安還「爆料」說，甚至連他的兒子都被「穿著中山裝、理了小平頭」的神祕人士跟監，而且，還有人寫信給他，說要「處理掉他的兒子」。消息傳出後，舉國譁然，「白色恐怖」再現的說法，不逕而走。

就在陳履安表態之後，九月二日，國內幾家大報同步刊出半版廣告，署名「台灣欣俞」和「台欣電化」兩家公司的負責人陸悌瑩具名表示支持陳履安競選總統。

在國內商界，「陸悌瑩」這三個字是個完全陌生的名字。看到報紙上刊出那麼大幅的廣告，報社主管們都皺著眉頭問，「這陸悌瑩是誰呀？」可是，誰也沒有答案。這人，就像是平空創造出來的，沒有任何的過去背景可以追查。

剛巧，就在這時，陸悌瑩主動出面了，她通知各新聞媒體，表示有話要說。媒體也很捧場，到她的公司採訪她。

她說，陳履安所稱「受到情治單位騷擾的企業家」，指的就是她。

由於陳履安也沒有否認，因此，媒體立刻把焦點轉到她的身上，「陸悌瑩」三個字，也一夜成名。

根據陸悌瑩的說法，她是在得知陳履安宣布要角逐下一屆總統之後，主動在報章上刊登半版支持廣告，而得罪了情治單位。陸悌瑩說，她以台欣公司的名義刊出廣告後不久，馬上就有調查局的朋友打電話勸告她，要她不要涉足政治，以免爲自己帶來困擾。這個朋友並且告訴她，可能很快就會有情治單位人員來約談她。

陸悌瑩說，八月三十一日上午七、八點左右，她還在台北市仁愛路的家中，正準備上班時，突然有兩名自稱是調查局某單位的男子，到她家按電鈴，出示證件後，要陸悌瑩和他們走一趟。但是，陸悌瑩認爲自己又沒有犯法，爲什麼要跟人家走？於是她斷然拒絕。

陸悌瑩說，她曾質問這兩名調查員爲何知道她的住處？這兩名調查員告訴她，是調查局航業海員調查處的處長何建國以及基隆關稅局監察室主任錢玉雲透露給他們的。

對於這樣的說法，調查局航業海員調查處處長何建國當然全盤否認。他說，他完全不認識台欣公司的總裁陸悌瑩，也從沒有指示部屬對陸悌瑩做任何調查。他說，海調處沒有台欣公司的案子，調查人員也不可能在沒有案源的情形下，去對台欣公司做約談或監聽等法律動作。

何建國跟我解釋，海調處主要負責偵辦的案件類型，大多是和海關方面有關的漏稅、走私、貪污案等等，而據他後來了解，陸悌瑩的台欣公司，做的就是進口家電的業務。他不知道是不是因爲海調處近幾年來辦過太多進出口關務方面的案件，而得罪了某些進出口業者，以致此時發生他和基隆關稅局監察室主任錢玉雲共同被點名的情形。

他也強調，海調處近幾年來都沒有接獲過檢舉台欣公司違法的案件，調查員不可能在沒有案源的情形下，去對台欣公司做任何動作，更不可能去騷擾任何人。對於陸悌瑩點名他介入此事，何建國說，他覺得莫名奇妙，更不知道對沒有做過的事情，要怎麼去澄清。

不過，何建國的說法並沒有辦法讓一般民眾相信。因爲，在那個年代裡，調查局的確是常常在做些情報蒐集的工作，要說調查局在總統大選這一戰裡乾乾淨淨，完全不染塵，只怕沒有任何人相信。

我透過自己的管道，向調查局內部打聽，發現調查局事實上的確暗中持續在注意陳履安的動向，包括他參選後的所有動作。不過，我的消息來源告訴我，這些工作原本就是調查局的工作職掌，但是，調查局人員絕不會做出逾越法律分際的工作，也絕對不可能恐嚇別人，說什麼要做掉別人的孩子。

我的消息管道告訴我，調查局有一項常年性的工作，即是「國情調查」，對於任何和國家政治、治安有關的事件，都列入蒐報的範圍之列。在分工上，台北市調查處有一個「黨政組」，即是負責行政、立法、司法、監察、考試等五院的國情調查蒐報作業。有關監察院部分，調查局也派有專人經常出入蒐情相關情報。

所以，在監察院長陳履安宣布參選總統後，調查局對監察院的國情調查工作重點，當然就擺在陳履安的動向和發展上。原本負責監察院據點的調查員，即要更加強化情報蒐集作業，包括陳履安每一次召開記者會時的談話內容，以及有哪些民間人士或團體拜會。調查員每天蒐報到最新情報後，即循情報傳送管道，先送回台北市調查處主管情報作業的第二科，經內勤人員彙整後，再報回局本部第一處統一處理。至於調查局本部第一處會把這些國情調查資料作如何運用，或送交那些人參考使用，則屬於高層作業，一般人根本就無從得知。

我的消息來源還說，監察院祕書長陳豐義是調查班出身，也幹過調查員，對於這種情報偵蒐作業，應該知之甚詳，因此，在明眼人面前，他們也不避諱的承認確有蒐報陳履安動向之事。不過，他強調，國情調查的工作，原本就是調查局的工作職掌，對基層調查員來說，有情報就要蒐報，沒有例外情形，至於他們把情報回報後，內勤或高層單位要如何運用，則非他們所能過問之事。

我很好奇的問，是不是只有這次的總統大選，調查局才這麼用心的蒐集某些特定人的資料呢？消息來源跟我說，事實上，情治單位在每一次選舉時，都會有不同程度的介入。鄉、鎮、市、村、里長選舉，情治單位可能不會花太多心思，但到了省、市長、省、市議員、立法委員、國大代表選舉時，情治單位就會投入大部分人力從事情報偵蒐的工作，而此次總統大選，情治單位所投入的人力、物力，更是居歷次選舉之冠。會造成情治單位如此大費周章的主要原因，除了總統大選對主政者而言，攸關整個政權是否能夠存續之外，另一項因素，則是監察院長陳履安的參選，對主政者已造成一定的的影響和壓力，使得當局不敢輕忽，以免一不留神，又重演前一年台北市長選舉時的「滑鐵盧事件」。

他告訴我，情治單位在此次總統大選前所進行的各項情報偵蒐工作，皆有如鴨子划水，可做而不可說。外人即使懷疑他們在蒐集選戰情報，但很難拿出證據來，而情治單位在遇到外人查詢時，則依例否認到底，堅稱絕對謹守中立原則，不做政治調查工作。但是，情報偵蒐工作原本就是所有業務中最重要的一部分，在選舉期間，收集所有和主政者不同立場的對手資料，更是第一要務。他很坦白的說，或許有人認爲這是主政者濫用行政資源，但是，政治原本就是如此現實。以後換了人主政，也一樣會如此運用。即使如美國如此民主、開放的國家，每逢選舉期間，仍然免不了有情治單位的人員在替政府做些蒐集政情的工作。

那麼，這些工作都是由調查局獨立負責的嗎？這也不然。消息來源告訴我，在這些蒐集選情的情治單位中，「主力部隊」是調查局，但其他的「友軍」單位也會加入。他悄悄的告訴我，這次監察院長陳履安突然宣布參選總統，由於事出突然，事前沒有半點徵兆，台北市調查處黨政組主跑監察院的調查員根本沒有掌握住此一線索。在《聯合報》以一版頭條的醒目標題祭出「陳履安積極考慮參選總統」的獨家新聞後，不但其他新聞媒體主跑監察院的記者遭到單位長官的排頭，連調查局黨政組這名調查員也未能倖免於難，一樣被主管K得很慘。

所以，自從陳履安決定參選總統後，調查局相關單位就成立了一個代號爲「追龍」的專案，任務就是要全面掌控陳履安參選的行動。

在這個專案中，局本部主管情報工作的第一處和主管布建工作的第五處，是主導單位。而外勤工作則仍由台北市調查處負責。舉凡陳履安每天召開的記者會談話內容、接見的民間團體成員性質、支持者的背景分析，宗教界的動員主力，都是偵蒐的重點方向。

當然，調查員不可能眞的那麼神通廣大，什麼事情都了解，很多線索，就只有透過記者取得。愈接近選舉時，一些資深的監察院記者就愈會發覺，主跑監察院的那名調查員，以前可能一、兩個月才和他們聯絡，現在幾乎天天電話聯繫。調查員打電話給記者，問的問題就是：「陳院長今天又說了些什麼話？有沒有進一步的動作？」

調查員把這些粗淺的資料蒐集到手後，按規定以化名撰寫情報報告，回報到局本部分析處理。局本部第一處和第五處人員，就從這些資料中，過濾掉無用的部分，把有價值的內容再重新歸類。如果有須要進一步了解的地方，則再通知相關外勤單位做更進一步的偵蒐。

調查局做這些情報偵蒐的工作，當然不希望引起外界的注意，因此，姿態總是擺得愈低愈好。不過，有些外勤的調查員，或許是因爲年紀輕、經驗不夠，又或許是因爲求功心切，做起事情來不免操之過急，忘了情報工作是要以時間換取空間，卻以單刀直入的方式來偵蒐。

消息來源告訴我，會發生了台欣公司總裁陸悌瑩公開指責調查局介入選舉，並恐嚇她不得支持陳履安這件事，很可能就是因爲調查局的「小朋友」們不懂事，搞砸了。

我的消息管道還說，選舉的情報偵蒐工作，當然不只調查局一個單位在進行。他可以確定，除了調查局之外，憲兵調查組、安全局都已加入偵蒐的行列。外傳連保護元首和五院院長安全的警官一、二隊，也在聯指部的要求下，投身蒐報工作，但這部分則難以證實。

至於陳履安在記者會中宣稱，有人跟監他的兒子陳宇庭這件事，我的管道研判，應該不是調查局所爲，而是憲調組的調查官幹的好事。

他說，憲調組是由負責台北地區衛戍工作的憲兵二〇二指揮部負責。憲調組人力充沛，進行跟監業務時人手調度較不缺乏。而會跟監陳履安的兒子陳宇庭，倒不一定是眞的想要去「處理掉」他，而是要追蹤他的動向。

他分析，在台灣現階段的環境中，情治單位雖然仍然是主政者的御用工具，但應不致於大膽到敢去進行政治暗殺的工作。而且，所謂的「政治謀殺」，在削弱候選人實力上，不但沒有好處，反而會有負面的影響。以民進黨多年來的例子觀察，凡曾是「政治受難者」或其家屬，無不在選戰中報捷，情治單位如果眞的如陳履安所言，把他的兒子「處理掉」，則在國人普遍有「同情弱勢」的心理因素下，陳履安可能還眞的會當選下一屆總統。

但情治單位也深知，陳履安在宣布參選下一屆總統後，目前已經是檯面上被眾人鎖定的目標人物，他的一舉一動，都有人在旁注意。也因此，陳履安即使想和某些人搞些串連活動，他也不可能親自出馬，能作爲先鋒替他探探虛實者，則以他的兒子爲最有可能。在這種情形下，情治單位自然要寸步不離的緊跟著陳宇庭，查探他的行蹤，以便在有風吹草動時，掌握第一時間的情報。

至於陳履安所說，跟監他兒子的人，是「穿著中山裝、理小平頭、開轎車、車上還插著國旗」，我的管道說，這種說法可能就有些離譜。因爲，會去進行跟監的情治人員，就怕被人識破，連憲調組的調查官都已經開始蓄長髮了，哪裡可能還會有理平頭的人去進行跟監呢？

我聽他說了半天，覺得自己好像在聽故事一樣，被唬得一愣一愣的。但因爲我的消息來源非常權威，我相信他的說法應該有一定的可信度，所以，在他和我接頭過之後，我把這些消息發在報紙上，自然又引起了一陣轟動。

就在我們新聞把這件事炒作得非常大的時候，陸悌瑩開了記者會，也上了TVBS「21000全民開講」節目。她對外宣稱，兩名調查員到她家揚言要約談她時，整個過程都被她家的閉路電視監視系統全程錄下。因此，情治單位騷擾她的證據，可以說是十分充分。另外，在兩名調查員出示證件時，她也記下了這兩人的姓名，證據更是確鑿。陸悌瑩一再揚言，她會在適當時機公布錄影帶。

由於她這麼說，外界也就愈發好奇，想看看是哪兩個「笨探」，被陸悌瑩的錄影機錄下身影。

不料，在此之後接連兩次的記者會中，陸悌瑩都放了記者們的鴿子，錄影帶始終不肯公布出來。這下子，不但我們這些記者覺得有些奇怪了，連原本一直處於挨打局面的調查局，講話也變得大聲了。調查局長廖正豪說：「誰去騷擾她，可以請她公布錄影帶出來看看嘛！」、「陳履安先生自己是監察院院長，如果他認爲情治單位介入選舉，可以請監察院調查嘛！」

就在這個時候，有一天，我的呼叫器響了。原來，陸悌瑩打電話到報社，她表示想約我到她的辦公室談談。我接到指示後，飛車趕到長安東路的台欣公司。

到了那兒一看，那公司的規模還不算小，員工大約有幾十人。經過祕書的安排，我進到了最裡面一間的小辦公室，不久，其他幾家報社的記者也來了。大夥大眼瞪小眼，不知道陸悌瑩葫蘆裡要賣些什麼膏藥。

過了一會兒，陸悌瑩進了辦公室，她先跟我們道歉，表示她的工作太忙，一連趕了好幾個會，所以遲到了。接著，她又提到最近這一段時間，她的精神壓力相當大，因爲，情治人員總是不斷的騷擾她，讓她生意很難做下去。在談話中，我們一直追問她的身分以及出身背景，而她也不正面回答，反而有意無意的掏出皮夾，像是要找些什麼資料似的，而她的一張證件，卻很巧妙的剛好從皮夾中掉出來，四平八穩的掉在辦公桌上。

眼尖的我，一眼就看到那是她的身分證，因爲，上面有她的相片，而身分證上面的姓名欄，也的確寫著「陸悌瑩」三個字，我還看到，她是民國四十年出生的。

陸悌瑩很快的把她的身分證撿拾起來，收回皮夾去。但在這一小段時間，我又看到她身分證的背面。我看到，她的配偶欄是一片空白，代表她目前單身。而住址部分，因爲被她的手指遮住，倒沒看清楚。令我很訝異的是，我看到身分證背面的父母欄上，父親的名字是「陸潤康」。

陸潤康曾是國民黨時代非常有名的財經大臣，我們從來也沒聽說過，他有一個名叫陸悌瑩的女兒。雖然，之前就已經有人說，陸悌瑩就是陸潤康的女兒，但我們報社跑財經的記者親自向陸潤康查證時，陸潤康卻表示，他根本沒有女兒。可是，現在我卻親眼目睹了陸悌瑩的身分證，上面記載得很清楚，她的父親的確是陸潤康呀！這是怎麼一回事呢？我愈來愈感到狐疑了。

我問她，和陳履安之間的交情如何，她爲什麼要支持陳履安選總統？陸悌瑩語帶玄機的告訴我：「我是學佛的人，我不能說謊。有人問我認不認識陳履安？要我怎麼說？我不能說我認識他，但要我說我不認識他，這又違反我的個性。你們不要再逼問我了吧！」

她這麼說是什麼意思呢？她究竟認不認識陳履安呢？她的說法跟沒說一樣。

一邊說著，她又一邊繼續掏她的皮夾。這時，一張她和陳履安合照的相片，不小心從皮夾中掉出來。這一次，我不等她收走，飛快的一手把相片奪過來看。她也不攔阻。

這是一張已經護貝過的五×七相片，相片裡面，陸悌瑩和穿著夾克的陳履安挨肩站在一座佛堂前。其他的記者也都湊過來看著這張相片。陸悌瑩像被人發現祕密似的，有些無奈的說：「如果我不認識他，怎麼會和他照相？這座佛堂，是我仁愛路家中的佛堂。你們說，我認不認識他？我和他的關係怎麼樣？」她又很緊張的交代：「這一段可不可以不要寫出來？否則，如果我受不了壓力，我會自殺！」

她還告訴我們，爲了支持陳履安，她已經提供了一間辦公室作爲陳履安競選辦事處。不過，我覺得很奇怪，她要求我們不要在她和陳履安兩人關係上作文章，但卻又有意無意的出示她和陳履安合照的相片。她的動機，讓很多人猜想不透。

接著，我又問到了她之前口口聲聲說的那卷錄影帶，問她能不能拿出來讓大家瞧瞧？我說：「陸姊，現在調查局的說法對妳很不利，妳手上如果眞有證據，就拿出來讓大家看看，我們也好在新聞上幫妳平反。如果妳一直不拿出來，我們也沒有辦法幫妳說好話。」

她點點頭，表示願意，而且表示她馬上就會拿出來。

但突然間，她眉頭一皺，隨即用手捧著自己的心口，臉上也露出非常痛苦的表情。

我們都嚇了一跳。

她很衰弱的說，她有心臟病，最近這段時間，她受的刺激太多，心臟受不了。

一位男記者馬上發揮「英雄救美」的本色。他很溫柔的扶著陸悌瑩，要她坐下，而且幫她倒水。陸悌瑩很感激的看了他一眼，然後從包包中翻出一小瓶藥，當著我們的面，一口氣吞了兩顆。

她喘了一會兒之後，告訴我們：「你們坐一下，我去把錄影帶拿出來。」說完，她起身離開辦公室。

我們這群記者在她辦公室呆坐了半個小時，菸都抽了好幾根，卻始終沒見陸悌瑩回來。我覺得有些怪，就推門問坐在門口的小姐：「請問，總裁到哪裡去了？」

這位小姐也用很奇怪的眼神看著我，說：「她剛剛出去了呀！她說，她跟你們談完了，因爲有事，所以她先走了。她說，你們忙完了之後就會回去，不是嗎？」

我們這時才知道，原來，在不知不覺間，我們竟然被她放了鴿子。

懷著一肚子的火，我們離開了台欣公司。離去時，我心中暗暗的想，「妳以後就別再讓我碰到。再讓我遇到了，鐵定要把妳逼問到啞口無言的地步！」說也奇怪，從此之後，我就再也沒有見過她了。

不過，我們雖然此後再也沒見過面，但她有時還會主動打電話和我聯絡。我想，我大概是不得人疼的那類型記者，每次她打電話來時，我總會問一堆令她很難回答的問題。後來，她乾脆就不打電話給我了，反而常常打電話給我對手報的記者。這在新聞競爭上，當然是很不利的。

有幾次早上，我們一群記者到法院跑新聞時，就看到對手報的記者露出很得意的表情說：「哎呀！陸悌瑩昨天晚上又打電話給我了呢！而且，一聊就聊了兩、三個小時，累死我了。哎！今天的稿子寫不完囉！」

聽到這話，我氣得半死，可是又無可奈何。事實上，我想，對手報的那位同業，和陸悌瑩的配合度也眞的比較高，每次陸悌瑩打電話給他「星夜談心」後，他第二天都會發一篇大大的長稿，讓陸悌瑩的聲音能夠出現在報端。陸悌瑩打電話給他，肯定比跟我聯絡要強多了，因為，我常會質疑她的說法有漏洞，我想，她大概覺得我對她沒有那麼多善意，她也懶得與我溝通。

半個多月後，陸悌瑩發出傳眞說，因為調查局持續的打壓她，所以，她決定要結束台欣公司，但是，她支持陳履安的決心不變，她要繼續跟調查局拚下去。

這下子，陸悌瑩簡直變成了一個悲劇英雄。社會各界對調查局愈來愈不諒解，調查局拚命的解釋，可是沒有人理會。

事實上，調查局對陸悌瑩也充滿了好奇。從陸悌瑩點名，指稱調查局對她和她的公司進行騷擾、恐嚇之後，調查局台北市調查處就展開了自清行動。駐區督察發下調查表，要調查員自己塡寫，是否認識陸悌瑩這個人？有沒有和她接觸過？但是，沒有人承認曾經和陸悌瑩有任何接觸。

在自清行動告一段落後，調查局隨即對陸悌瑩這個人展開了另一波的身分查訪工作。

可是，在這次的查訪行動中，調查局卻意外發現，戶政資料中根本沒有「陸悌瑩」這號人物存在。由於陸悌瑩曾說，她長年居住海外，最近才回國，調查局於是再從境管資料中下手，可是，依然查不到「陸悌瑩」入出境的紀錄。這也就是說，「陸悌瑩」這個名字，很可能是個假名。

十月二十七日，TVBS電視台總經理，也是「2100全民開講」節目的主持人李濤，在他的節目中宣布一個爆炸性的消息。他說，經過TVBS私下查訪，發現「陸悌瑩」這個身分是假的。這枚震撼彈投下，全國又爲之轟動。

也在同一天，一直被陸悌瑩「點名」教唆調查員騷擾她的調查局航業海員調查處處長何建國，也向台北地檢署提出告訴，控告陸悌瑩涉嫌誹謗。他接受我訪問時表示，他根本不認識陸悌瑩這個人，也從未指示調查員對她進行調查。陸悌瑩先是聲稱掌握調查員騷擾她的錄影帶，但始終不肯公布，這對他的名譽造成極嚴重的傷害，他必須爲個人的權益而戰。

他說：「事情總要弄清楚，看看是誰在說謊。」

好吧！就算陸悌瑩這個名字是假的，就算她是在裝神弄鬼，但她的眞實身分是什麼呢？她的目的又是什麼呢？調查局想，既然台欣公司經營的業務，都是進口家電產品，她應該和海關方面有所聯絡才是吧？調查局馬上從海關單位追查，這時，調查局得到了另外一個名字——「林潔君」。不過，再往下追查，林潔君依然是個沒有身分的名字。

當調查局發現陸悌瑩的身分愈來愈可疑時，調查的行動也就愈來愈檯面化。調查員透過關係，弄到陸悌瑩兩支行動電話的號碼，以及她的住家的三支自用電話號碼，再從電信局追查，這時，卻發現，五支電話都已經停話，而且電話登記的姓名，都不是她本人。她當然更不住在仁愛路的住所了。

「陸悌瑩」究竟是何許人？調查局摸也摸不透。調查局從台欣公司的公司登記資料追查，卻只發現台欣公司登記的負責人是「曾瓊姿」，公司所有股東中，沒有一人的名字是陸悌瑩或林潔君。但她如果不是台欣公司的人，爲何在台欣公司中，有一間供她個人使用的辦公室？公司員工看到她爲何毫不覺得唐突？

事件發展到現在，有愈來愈多的疑點出現。

首先，調查員到陸悌瑩仁愛路的住所再次勘查，發現這個住所中，根本沒有安置閉路電視系統，這也證明，她一開始宣稱掌握住騷擾她的調查員錄影帶，極可能是在說謊。其次，她對外宣稱，她的父親是陸潤康，但陸潤康根本沒有生過女兒。她說，她和陳履安是在南部某佛教聚會場合結識，合照的相片，是在家中佛堂前的合影，但陳履安後來卻說，他以前根本沒有見過陸悌瑩，合照的相片是陸悌瑩提供辦公室時，他到這間辦公室參觀，應陸悌瑩要求而留下的合照……。

這些疑點似乎透露出，陸悌瑩幾乎是從一開始，就已經布下了一個局，讓大家都不自覺的跳入了她的陷阱。她配合陳履安的說法，使得「白色恐怖」事件具象化，等到社會陷入一片動盪不安後，她又抽身而退，絲毫不留下任何痕跡。但她的用意到底是什麼？沒有人猜得透。

不過，調查局方面已經有了共識，這個神祕的女子既然讓調查局灰頭土臉，那麼，調查局就更可不能讓她這樣放把火後，就拍拍屁股離開。調查局人員私下告訴我，他們就算用盡一切力量，也要查出陸悌瑩的眞實身分，並且公諸於世。因爲，調查局無論如何也不可能容忍這種在太歲爺上動土之後就一走了之的事情發生的。

努力終於有了代價。

十一月二日，調查局發布新聞稿，很得意的宣布，經過一個多月的追查後，終於查出陸悌瑩的眞實身分是「林菊芳」。

調查局說，台欣公司的創辦人並不是她，而是曾明宏。幾年前，曾明宏和妻子離異後，林菊芳即和曾明宏有一段時期的親密關係，後來才被曾明宏帶進台欣公司。兩年前，曾明宏過世，林菊芳即接掌台欣財務大權。

調查局說明查訪的過程。

他們說，在這一個多月間，調查局清查了全台地區的所有戶籍資料，發現全台灣沒有半個叫做「陸悌瑩」的人。因此，他們研判，「陸悌瑩」應該是假名。

之後，辦案人員到台欣公司查訪時，台欣公司上下卻都表示，對於「陸悌瑩」的身分，也毫無所悉。他們只知道，台欣公司創辦人曾明宏和妻子離異後，便與一個很神祕的女人交往密切。後來，曾明宏更把她帶進台欣公司，總攬財務方面的工作。兩年前，曾明宏過世，把公司交給長年旅居美國的妹妹曾瓊姿經營，但公司實際經營權卻仍然由這個女人掌管。公司內部人員也不敢過問她的身分，只叫她「陸姊」。

調查局於是再透過海外關係和曾瓊姿聯繫，終於查出陸悌瑩的本名叫林菊芳。有了名字之後，一切就變得相當順利。透過前科資料查詢系統，調查局赫然發現，林菊芳竟然有多次的竊盜、僞造文書等前科，且曾四進四出新竹少年監獄。辦案人員到監獄調查林菊芳入獄時所填寫的身家調查資料，其中雖有詳細記載她的家世，但調查局人員仍然懷疑其中的眞實性。

從前科資料表中，調查局人員發現，林菊芳在七十三年時曾因涉及行賄罪遭到通緝，她的通緝時效爲十二年半，一直要到八十六年中才超過追訴時效。調查局人員說，如果林菊芳好好的待在台欣公司，可能一直到超過追訴時效，還沒有人會發現她的身分，如今，她自已跳出來誣指調查局騷擾她，反而使她一直刻意隱藏的身分提前曝光，調查局也一定會把她追捕到案。

我很好奇她爲什麼會被通緝。調查局人員告訴我，林菊芳在七十三年服刑時，竟然指控新竹少年監獄的管理人員收受她的賄款。後來，由於她指控的內容完全提不出證據，被她指控收賄的管理員都被檢察官不起訴處分，但她因爲一直沒有出庭，反而被新竹地檢署檢察官依行賄罪通緝。

這時，我才恍然大悟。我喃喃的說：「不會吧?原來，她從年輕的時代開始，就這麼一路騙下去呀!」

十一月四日，調查局海調處處長何建國控告「陸悌瑩」的案子第一次開庭，當然，陸悌瑩沒有出庭。

何建國處長出庭了，在進入偵查庭之前，他接受我的訪問。

他很激動的表示，這次調查局受到林菊芳的誹謗，對他個人以及對整個調查局的傷害都太大，他必須循法律途徑來解決這件事。如果，林菊芳眞的有證據證明調查局的確曾經騷擾過她，請她提出證據來，否則，就應該還他和調查局一個清白。

他說，從九月二日到九月二十日之間，全國各大媒體都陸陸續續刊出「陸悌瑩」指稱調查局恐嚇、騷擾她和台欣公司的新聞，「陸悌瑩」並聲稱掌握錄影帶。何建國說，他從沒有見過「陸悌瑩」，也不知道她的本名是「林菊芳」，更不會去恐嚇、騷擾她。

另外，以證人身分被檢察官傳訊出庭的基隆關稅局監察室主任錢玉雲也說，他雖然是六十三年間調查局調查班第十一期結訓的調查員，但他調到基隆關稅局後，已經不是現職的司法警察，他也無權去調度、指揮現職的司法警察去做非法的約談、騷擾行爲。錢玉雲強調，林菊芳說，八月三十一日上午八時三十分左右，有人到她台北的住處約談她，但那一天上午，他八時十分就到基隆的辦公室簽到，不可能在短短的二十分鐘之內，又趕到台北去。何況，他根本不知道林菊芳住在哪裡。

錢玉雲回憶說，在這件事情爆發前，五月二十三日，一名自稱是「陸悌瑩」的女子，曾到他辦公室拜訪他。這名女子自稱是陸潤康的女兒，在一家基金會做事，想要向他請教有關海關稅則方面的事務。這名女子自稱，她認識他一、二十年，當時，錢玉雲即覺得懷疑，因爲，他根本不認識眼前這名女子，不過，「陸悌瑩」說，可能是錢玉雲貴人多忘事。

他說，他事後想想，他只見過「陸悌瑩」這一次面。最近，從報章上他才得知，原來「陸悌瑩」是林菊芳的化名。他一直想不透，爲什麼林菊芳要找上他？他和林菊芳根本沒有任何交集，也沒有得罪過她，爲什麼要背上這種不白之冤？

陸悌瑩，或者，我們現在應該叫她林菊芳，她失蹤了嗎？其實並沒有。

在開庭的前一天中午，她打了一通電話給我。她說，她目前仍在國內，但很擔心被捕，所以暫時躲藏起來。她坦承，「陸悌瑩」的確是她的化名，但她強調，她的確被調查局騷擾，她也眞的握有錄影帶，她會在適當時機公布。

在電話中，林菊芳不願意說明她目前人在何處，也不願說明她爲何要以化名出現，她只是一再強調，她眞的被調查局騷擾和恐嚇，她也眞的握有錄影帶，她會在適當時機公布。但目前，她心情很亂，不知應該如何來面對一切。隨後，她匆匆的掛掉電話。

十二月十五日，著名的整型外科醫師雷子文到台北地檢署控告陸軍總司令李楨林上將、軍醫隊隊長許志雄中尉涉嫌業務過失傷害，並指控前陣子的新聞焦點人物「陸悌瑩」林菊芳涉嫌謀殺。沉寂了一個多月的名字，又再度被提及。

雷子文爲何要控告林菊芳呢？他說，他的兒子雷政儒原本服役於陸軍飛彈指揮部，於八十三年十一月三日被人發現以軍用皮帶吊頸死亡。雷子文說，雷政儒被發覺時，尚未氣絕，但卻遭不具醫師資格的軍醫隊隊長許志雄當場宣布死亡，以致延誤急救時間，許志雄的行爲已違反醫師法，自應負業務過失傷害責任。而陸軍總司令李楨林上將，職司陸軍軍官的任命及調配責任，但他卻任命不具醫師資格的許志雄執行醫師業務，亦有管理過失之嫌。

「這件事又和林菊芳有什麼關係呢？」我很不解。

雷子文說，雷政儒死亡前，曾打電話回家，聲稱發現「陸博士」的祕密，陸博士要殺他滅口。後來，雷政儒死亡後，他才發現，所謂的「陸博士」即是化名爲陸悌瑩的林菊芳。雷子文說，林菊芳曾多次自由進出陸軍飛彈指揮部，而且和飛指部少將指揮官夏廣建過從甚密，雷政儒可能發現其中有所疑問，才會遭人殺害滅口。因此，他也要指控林菊芳涉嫌謀殺。

雷子文說，雷政儒死亡後那一年，他曾不斷求助於各單位，包括飛彈指揮部、陸軍總部、國防部、監察院等，但由於事件調查始終侷限於軍方層層節制中，以致一直無法發覺事實眞相，他在萬般無奈下，只好求助於司法機關，希望藉著司法正義的力量，還他一個公道。

不過，雷子文的指控也因爲一直無法提出具體事證，這件案子最終還是不了了之。而萬念俱灰的雷子文受不了心靈上的折磨，竟然在八十六年十一月十六日自殺身亡，留下了一個悲劇的結局。不過，這是後話了。

身分被識破的林菊芳，很快的就沉默了下來。她的行蹤不明，像是從人間蒸發似的，無影無蹤。慢慢的，我們這群被她騙得好慘的記者們，也漸漸的把她從記憶中淡化掉。可是，到了八十五年間，一切又峰迴路轉了。

八十五年八月十七日晚間，保七基隆三中隊在基隆港口攔檢一艘剛剛返航的漁船「興達三號」，在這艘船上，員警們查獲多名大陸偷渡客。令人好奇的是，有了如此良好的成果，但員警卻沒有罷手，他們反而在船上翻箱倒櫃的搜索，結果，在暗艙裡，他們又發現了一名偷渡客，這人，就是已經消失了一段時間的林菊芳。

保七總隊並不會算命，他們怎麼會知道林菊芳就躲在這艘船上呢？難道這一切都是碰巧的嗎？當然不是。

原來，自從前一年林菊芳在台灣闖下大禍之後，調查局就發誓一定要把她逮捕歸案。但是，在展開搜捕行動前，林菊芳卻在八十四年十一月，從新竹南寮漁港偷渡出境，跑到北京躲藏起來。林菊芳雖然躲在大陸，但調查局卻沒有放鬆對她的監控。幾天之前，調查局獲悉，林菊芳試圖從北部海域入境，而且將會搭乘「興達三號」漁船上岸。於是，調查局馬上把這個消息傳給保七基隆分隊，鎖定這艘船返航的時間，進行逮捕。換句話說，保警上船搜索時，根本不是要查大陸客，目標就只有林菊芳一人。這船上多載了幾名大陸客進來，其實只是被林菊芳給拖累的。

聽到這個消息，我忍不住失笑。我想，從民國七十三年至今，林菊芳似乎就一直是個「製造是非，拖人下水」的爭議型人物，被她沾到的人，大概都只能自認倒楣吧！

林菊芳落網之後，隨即就必須面對司法偵訊。由於她是通緝犯，警方依規定把她解送到新竹地檢署歸案，檢察官下令她可以以一百萬元交保。但是，林菊芳根本拿不出這麼多錢。既然籌不出保釋金，她只好在新竹看守所裡蹲了一夜。

第二天，檢察官改變心意，不再准許林菊芳交保，下令要繼續羈押她。但是，押了沒兩天，檢察官清理林菊芳七十三年間的積案，卻發現她被控的竊盜、詐欺、行賄罪，都有證據不足的問題，只好把她不起訴處分。不過，她被調查局海調處處長何建國控告的誹謗案，以及偷渡回來所涉及的違反國安法案，還有她用假名字的僞造文書案，可都還沒了，因此，她還有漫長的官司要打呢！

故事，到這裡應該要畫下句點了吧？那可不一定喔！

八十九年三月九日上午，林菊芳突然出現在調查局門口。她跟調查局總值日官檢舉說，前法務部長廖正豪、立法委員葉菊蘭、陸軍一位姓戴的政戰主任和農民銀行總經理黃清吉等人涉貪污瀆職。

她說，廖正豪、葉菊蘭在法務部長、立委任內，利用權勢打壓抹黑她，導致前空軍飛彈指揮部少將指揮官夏廣建受牽連下台。前陸軍將領戴姓政戰主任則是騙財騙色，利用她前夫之子在部隊服役經常逃兵爲要脅，要她拿出數百萬元，還必須犧牲肉體。她說，這些「黨政軍要員」有的利用權勢打壓抹黑她，有的騙財騙色又收受賄賂，都應該徹查法辦。她並且強調，她一意尋死，而且已經在台北縣中正橋和新店碧潭投河自殺五次。她說，等她做完這些該做的事後，她會選擇「自己該走的路」。

她一口氣說完之後，沒有提供調查局任何書面證據，卻留下一封遺書，然後揚長而去。調查局雖然感覺錯愕，但仍依規定受理。

林菊芳死了沒有？我不知道，但那段時間，我常常會注意地檢署的「屍體相驗報告書」，其中，並沒有林菊芳的名字，看來，她應該還活得好端端的。只不過，想到她沉寂了多年之後，還是會憋不住跳出來告官，這不免令我想到，莫非，眞應證了那句古話，「江山易改，本性難移」。到頭來，林菊芳還是改不了一天到晚檢舉別人的習性呢！

INK PUBLISHING 經商社匯 3

阿達新聞檔案之調查局探案

作　　者　范立達
總 編 輯　初安民
責任編輯　陳思妤
美術編輯　許秋山
校　　對　陳思妤　范立達

發 行 人　張書銘
出　　版　INK印刻出版有限公司
台北縣中和市中正路800號13樓之3
電話：02-22281626
傳真：02-22281598
e-mail：ink.book@msa.hinet.net
法律顧問　漢全國際法律事務所
林春金律師

總 經 銷　成陽出版股份有限公司
訂購電話：03-3589000
訂購傳真：03-3581688
http：//www.sudu.cc
郵政劃撥　19000691 成陽出版股份有限公司
印　　刷　海王印刷事業股份有限公司

出版日期　2004 年 6 月 初版
ISBN 986-7810-95-3
定價　200元

國家圖書館出版品預行編目資料

阿達新聞檔案之調查局探案／范立達 著.
--初版，--臺北縣中和市：INK印刻，
2004〔民93〕面；　公分

ISBN 986-7810-95-3（平裝）
1. 採訪（新聞）

895.31　　93007353

INK